AF369361

Alguien
al otro lado de la línea

Cuentos

Iván Ulchur Collazos

Alguien
al otro lado de la línea

Cuentos

Iván Ulchur Collazos

Ediciones Grainart

Alguien al otro lado de la línea- Cuentos
Iván Ulchur Collazos
ISBN: 978-958-48-7735-2
Corrección ortográfica: Jaime Dávila
Elaboración carátula: Helen González O.
Dibujo carátula: Brayan Lombardo Naranjo
Rusti Lombardo.
Diagramación: Mónica Patricia Ossa Grain
Editado en Ediciones Grainart
edicionesgrainart@gmail.com
3148685940

Cali, Colombia

Octubre de 2019

*Para aquellos a quienes
les gusta comer cuento*

Prólogo

"Alguien al otro lado de la línea" es la suma de veinte narraciones, minicuentos incluidos, que dicen de lo absurdo, lo excesivo, que sé sin duda los atraparán queridos lectores.

Su lenguaje escanea la mente humana y su entorno geográfico, aunque el autor nos advierte que "el cuento plantea la dificultad de ser fiel a la realidad".

En el libro están recreados momentos triviales o trascendentales. Tal como el vuelo del pájaro o la avalancha que arrojó miles y miles de muertos, seres del campo: "Todos tragados por el Páez; inflados como vacas, como bultos de carne, como desperdicio de matadero".

Con un lenguaje claro, agradable y sencillo el autor nos pone en contacto con los personajes y elementos propios de ese modo de narrar que es el cuento.

Se dice que el cuento es un género que está dirigido a unos lectores que se emocionan con su contenido.

Busca el autor sacudirlos a través de la narración corta de hechos inexistentes o reales o fantasiosos bajo la regla de un inicio, un nudo y un desenlace.

Se sostiene también que el cuento tiene un afán que gira entorno de lo ético y que en el fondo pretende orientar la conducta humana y poner de presente las emociones.

La tristeza, el desarraigo, la violencia, el miedo son materia de este tratamiento narrativo.

En este libro el autor acude al uso de expresiones comunes propias de la región sur occidental del país que conservan todo su valor y fuerza. Ejemplo: tibungo, huevos hueros, toparse, bayrun, finado, ¡pucha!, ¡bruto!.

¡Me vas a matar del susto!

Chusmero, saratana.

No faltan las expresiones poéticas:

"Sabía que era presentimiento viejo del pueblo". "el día sudaba miedo",

"Sabía que las montañas que la rodeaban no podían pregonar las masacres".

Tampoco faltan las exageraciones, como cuando relata:

"Orgullosamente la levantó, la recostó sobre la pared de bahareque y respiró con tal fuerza que levantó por toda la casa una nube de polvo mezclado con aserrín".

La obra está llena de figuras literarias manejadas con precisión y maestría, de descripciones de situaciones sociales que nos convocan a revivir momentos de nuestro pasado, brilla la cita de momentos y personajes de la historia colombiana, de referencias económicas, es una radiografía de nuestra realidad desde las humanidades.

El autor describe ese mundo rural del sur del país y se aproxima a la ciudad con sus personajes. Popayán y Belalcázar en el departamento del Cauca son los extremos de un hilo narrativo que generan una visión que las circunstancias sociales que viven esas comunidades.

El talento narrativo de Iván Ulchur, saca del anonimato a humildes seres.

El cuento que lleva el título de esta obra:

"Alguien está al otro lado de la línea" está elaborado magistralmente.

"Creo que, al fin, podré sentarme en el sillón a terminar de leer a Borges y a ver qué trae el diario
 Leo en Ulrica: ¿Qué es ser colombiano?
-No sé- le respondí-. Es un acto de fe".

Esta obra nos revela que por fortuna Iván ha sido fiel a las humanidades que cultiva desde sus tiempos de la universidad del Cauca a través principalmente de la literatura de la que con sus escritos nos enseña que es una fuerza suficientemente capaz de combatir la mediocridad, la rutina y los fines mezquinos del poder, para abrirnos a espacios maravillosos.

Antonio Bolívar Cardona

Reseña

¿Qué tienen en común Gauguin, ese pintor que se refugió en una isla remota del Pacífico sur; Juan Coral, que se refugió en un pueblo olvidado de los Andes colombianos; o Ezra, el profesor universitario que busca refugio en esa otra isla cercana llamada Zobeida, su mujer, para exorcizar sus miedos? Probablemente las respuestas a estas preguntas sean tan variadas como los lectores que se aproximen a este libro de cuentos. En cualquier caso, el último relato sirve para darle título al más reciente libro del colombiano Iván Ulchur Collazos y mantiene en tensión al lector, pues combina hábilmente los sucesos triviales de la cotidianidad en el seno de un hogar convencional con la trágica historia de Colombia. En "Alguien al otro lado de la línea", la trama del cuento "Ulrika", de Jorge Luis Borges, funciona como una especie de correspondencia intertextual con el cuento de Ulchur Collazos, como si lo que pasara ya estuviera cifrado. La voz anónima al otro lado del auricular sostiene el suspenso de la narración y opera como catálisis en el diálogo entre azaroso y amoroso de la pareja; todo ello en medio de la zozobra que se vive en la ciudad en la que ocurren los hechos y el diálogo intertextual que se desarrolla entre Ulrika y Javier Otálora, los personajes de Borges.

En "Alguien me asedia a Rafaela", el anónimo narrador-protagonista, atrincherado en el bar Cefiní, cultiva sus celos paranoicos por Rafaela. Este es un personaje que vive inmerso en un gran juego de espejismos; al hacerlo, descompone un abanico de miradas en esa especie de triángulo sospechoso entre un extraño, Rafaela y su ego distorsionado. Es la semiótica de la mirada, donde cada gesto, cada palabra, cada ícono popular —Gardel, Humphrey Bogart, Aznavour— va construyendo el conflicto de la trama. Al mismo tiempo, se menciona la cita "el lenguaje es una red de caminos equivocados, transitables", frase atribuida a Wittgenstein que sintetiza ese diálogo subterráneo entre el ojo y la palabra. Una pregunta esencial del narrador-protagonista le señala al lector un pacto cooperativo con el relato: "¿No te parece Rafaela que Humphrey Bogart tiene una mirada de usurpador?" En ese momento, el galán de Casablanca y el anónimo mirador se funden en un solo y oscuro objeto de deseo, lo que amenaza la estabilidad psíquica del narrador-protagonista.

Este hace malabares verbales y mentales para marcar su territorio de macho asediado por un juego de miradas.

En el cuento "La pista", un profesor de Gethsemani College sigue las huellas de Agenor, un poeta rebelde, mientras trota en un parque con ancianos y ardillas. El protagonista evoca sucesos aciagos de la violencia contrainsurgente que ha desangrado a Colombia y deja en suspenso el destino del activista Agenor y de Joe Burkanhaler, un caminante y ecólogo siempre atento en el cuidado de las ardillas.

En los cuentos de "Alguien al otro lado de la línea" los protagonistas son sujetos que caminan la cuerda tensa de la incertidumbre y pertenecen a la secta del vacío; hacen parte de esa "percepción errada y la distorsión" de las cosas, como anota Ricardo Piglia en las líneas que sirven de epígrafe al libro. En medio de una escritura siempre lúdica y no pocas audacias verbales, en estos relatos observamos temas como la lenta rutinización del amor, el telón de fondo de la violencia social colombiana y un diálogo sostenido entre personajes que asisten al desmoronamiento de sus pocos ideales.

Otro elemento recurrente es un énfasis significativo en alguno de los sentidos: por ejemplo, la vista en "Alguien me asedia a Rafaela", donde Koke muere en su paraíso, o el oído en

"Alguien al otro lado de la línea" o en "Uno se llena de presentimientos".

El amor es un sentimiento parecido al miedo en estos relatos pues este último lo hace ver todo distinto. De esa catadura están construidos los protagonistas de estas aventuras, narradas de manera recurrente entre la duda y el vértigo y con cierta dosis de humor negro. Y es que el humor de estos cuentos, a veces agridulce y otras veces irónico, es el conjuro para que el terror y la impotencia no los paralice, una suerte de agujero negro por donde se fuga la desesperanza absoluta.

Por otro lado, asuntos como el miedo a la pérdida, al desacomodo de la frágil rutina, al movimiento telúrico del escepticismo, mueven los resortes de aquello que se cuenta. Por eso la tensión, el suspenso y el escamoteo del dato oculto a menudo se dan la mano y mantienen en vilo al lector.

Así, no es de extrañar que una llamada anónima preguntando por la Funeraria El Recuerdo altere a Ezra en un contexto de violencia consuetudinaria (como ocurre en "Alguien al otro lado de la línea"), o que los simples ruidos de una gallina celebrando la puesta de un huevo se confunda con la irrupción de unos matones nocturnos (como en "Uno se llena de presentimientos"), ni que un diálogo simulado, proveniente a su vez de una seducción simulada, tenga lugar frente a un auditorio simulado (como en "Cuando el amor nace así de esta manera"). Al final, cada uno de estos episodios nos invita a mirar la celosía que divide la razón trágica de la sinrazón ebria.

Leídos con detenimiento, es evidente que el secreto de estos cuentos está en la magia del narrador para involucrarnos en hechos banales que, de pronto, adquieren un matiz epifánico; todo ello gracias a la maestría de un escritor que conoce bien la selección y combinación de signos verbales necesarios para generar la necesaria rotación dialéctica en los hechos narrados.

Quien osó decir que Ulises somos todos, estaba pensando en el viaje heroico, o quizás en la última esperanza de retornar al reino o sus cenizas. Pero igual se podría agregar que Gauguin, Juan Coral, Ezra o Agenor, los personajes más logrados de estos cuentos, somos todos.

Especialmente por esa carga de humanidad que llevamos todos sobre los hombros.

De lo que se trata es de mirar alrededor, tejer algunas fábulas y refugiarnos en alguna isla, como lo hacen los personajes de Ulchur Collazos.

Y también esperar con estoica paciencia a que ese alguien al otro lado de la línea nos deje una pista para saber quién es. La otra opción es dejar los santos quietos.

Así podríamos vivir más tranquilos, pero seguramente no escribiríamos una sola línea. Eso lo sabe bien este talentoso escritor colombiano.

Jorge Eliécer Ordóñez Muñoz

Cali, Colombia

Esta reseña fue publicada en la Revista Latin American Literature

http://www.latinamericanliteraturetoday.org/es/2020/noviembre/alguien-al-otro-lado-de-la-l%C3%ADnea-de-iv%C3%A1n-ulchur-collazos

"El arte de narrar es el arte de la percepción errada y de la distorsión.
Sorpresas, epifanías, visiones. En la experiencia siempre renovada de esa revelación que es la forma, la literatura tiene, como siempre, mucho que enseñarnos sobre la vida."
Ricardo Piglia. *"Formas breves". "Tesis sobre el cuento"*

"Tarde que temprano lo que era guerra aprenderá a ser diálogo, lo que era violencia aprenderá a ser exigencia y reclamo, lo que era silencio podrá convertirse en relato".
W. Ospina. *"Pa que se acabe la vaina".* 2013

Joba

Cuando el abuelo Marcos Ullunué murió, mi tía Joba estaba quemando incienso, enterrando escapularios con matas de sábila y conversando con los mirtos y las violetas. Vestida como siempre, descachalandrada, con una pañoleta percudida, se parecía a una mamá chuchumeca, empeñada en que no volvería a pasar bocado como duelo y se puso a llorar conmocionada y sola en la huerta.

Tendría unos setenta años y, si no en la huerta, se encerraba en la trastienda para hacer fogones y librarse del frío.

Le conté que una yegua chúcara le había dado al abuelo tremendo patadón y que lo habíamos encontrado tirado en el barro con un guango de leña y la ruana que mi papá le había comprado.
Eso le dije y se puso pálida y le empezó el ataque con tembladera. Desde entonces, no se le ocurría otra maña que asperjar la casa con agua de malva y bayrum, ese líquido al que le hacían propaganda en el mercado y que salía dibujado en el almanaque Bristol.

El domingo salió a caminar por entre los eucaliptos, siguiendo la vía del cementerio.

Empezaba su nuevo ritual: Acurrucarse junto a la lápida del abuelo. Tenía cara de sopor de páramo. Entonces aproveché para entrar. Olía a diablo, con olor apabullante y mortecino. Un tibungo lleno de brasas ocupaba un rincón de la pieza. Arriba había instalado un retablo con los santos de palo de la abuela ya fallecida y las alpargatas embarradas del abuelo.

Era cuestión de escarbar en ese desbarajuste y de toparse con jabones inservibles, camisas nuevas que habían desaparecido de los roperos, huevos hueros y la dulzaina con la que la abuela entonaba "el erre con erre cigarro, erre con erre barril" y las morrocotas guardadas en la urna secreta de la pieza de los abuelos. Allí estaba la historia familiar representada también en panes tiesos y multitud de estampas carcomidas por la polilla. Mi tía regresó del cementerio y parecía un rejo, aletargada, como ida de este mundo.

—Tía, le grité. "Que descanse en paz el abuelito, que brille la luz eterna sobre él."
Se detuvo, abrió los brazos y masculló con la mirada extraviada de una beata triste y sacerdotal: "Ite misa est."

Iván Ulchur Collazos

Koke muere en su paraíso

De: "El paraíso en la otra esquina."
Mario Vargas Llosa

En 1891 el pintor Gauguin, nieto de la feminista y utópica Flora Tristán, abandonó Francia a sus 42 años y huyó hacia Tahiti porque odiaba la civilización y deseaba ser un buen salvaje.

En la isla disfrutaba de sexo libre con jovencitas de trece años, sonreídas y desenfadadas que posaban para sus cuadros extraños; andaba desnudo, a sus anchas en unas tierras remotas donde Adán y Eva podrían haber vivido, entre el canto canoro de pájaros y frutas exóticas.
Koke era un promiscuo que buscaba trastocar su vida en arte o vivir como artista al natural, libre, libre de normas, al calor y el olor y el sudor de los cuerpos enredados y mojados con agua sexual.
La realidad se le ha rasgado y no se le da la gana remendarla. Para qué si se le ha abierto el sendero de los fantasmas. Entonces convive con demonios maoríes, invoca la magia natural que excita sus deseos erectos para sodomizar a su modelo que baila sin prisa, para que su instinto se vuelva vegetal, y nade y haga el amor homosexual y luego pinte delirantemente. Koke vive su paraíso, ajeno a los proyectos colectivistas de su abuela.

No siente culpa, no siente remordimiento con su verga libertaria y sus mujeres pintadas, morenas, primitivas, ávidas, exóticas, voraces. Pinta sin cesar.

Se imagina que París lo reconocerá por esas formas deformadas y lujuriosas, pero no. Fracasa y piensa en la locura de su amigo Theo Van Gogh con quien compartió edenes y maltratos. ¡Oh, Koke!, estás enfermo de sífilis. Tus llagas se agravan. Ya no eres francés. Tú sabes. Ser francés te da estatus. En cambio, en esos morideros eres un bárbaro. Eres un caníbal moribundo, escandaloso que dice convivir con los espíritus Ariori que te han hecho libre con libertad de libertinaje selvático y prístino. Pero no. Los oriundos de esas islas paradisíacas alegan que no eres de los suyos. Qué triste. No tienes identidad. No eres. No perteneces a nada ni a nadie. Qué ironía más trágica. Empieza tu locura y dentro de ella, por fin, te muestras tierno con tu hija recién nacida a quien pintas y enseguida se muere. No eres, sino que estás a punto de ser lo que eres. Entonces se te apareció un cuervo y recordaste al poeta Alan Poe. Tus pocos amigos afirman que esas aves no son de las islas Marquesas.

¿Ves un cuervo que significa mal agüero? ¿Lo ves? Estás ciego. Pintas cosas siniestras.

Tu búsqueda del paraíso, no obstante, tuvo sus gratificaciones.

Valió la pena tu periplo de artista ardiente.

Te saliste con la tuya. Unas colegialas disfrutan el juego del paraíso. Te compadecen y juegas con ellas: ¿Es aquí el paraíso? ¿O te habrás equivocado quizás porque el edén sólo queda en el cielo? En la otra esquina del universo. Mueres en tu inventado edén. Remoto y solitario, en tu casucha con fotografías pornográficas.

Muy cerca se oye el graznido del cuervo que señala la otra esquina de la muerte. ¡Oh, Koke! Paul Guaguin, nieto de la sobria y maltratada Flora Tristán. Pintor de cuerpos asimétricos y sensuales. De mujeres exóticas con colores fuertes y corazones poco tiernos. Te han abandonado. El cuervo sigue graznando como el único pariente que te despide con su llanto y su graznido solitarios.

Cuánto lo siento por tu compulsiva búsqueda, tus ilusiones de escarbador de paraísos perdidos que yacen en la imaginación de todo a...ficción...nado...que nada a contracorriente de la gente común.

En otras palabras, en contravía de todo lo que, quien pinta o escribe, inspira y exhala en el mundo escandalizado de los decentes.

Moriste despojado de identidad, pero con tu ser adherido a lo que quisiste: Nieto de Flora, hijo de nadie. El cuervo entendió tu mórbido fracaso y fue el único doliente. Tú también me sobrecoges desde este remoto, olvidable e impávido relato.

Iván Ulchur Collazos

Juan Coral Rual se habrá muerto de pena

Cuando la última persona cruzó el umbral del cementerio de Popayán, todo el mundo creyó que él se había muerto de una enfermedad ignota e incurable; nadie se atrevió, por respeto al difunto, a hacer preguntas indiscretas, ni a averiguar quiénes eran sus deudos, ni cuándo se había muerto, ni de qué había fallecido, ni en dónde había nacido el finado, ni si dejaba hijos, ni si a la viuda, pobrecita, le habría dejado herencia. Eso sí, en Belalcázar se morían de ganas de saberlo.

Sólo sabían que había llegado allí como en una pesadilla que no podrían esclarecer, pues estaban desconcertados por completo ante la presunta muerte del doctor a quien ellos apreciaban como un hombre distinto de los comunes y corrientes; en ese mismo instante un sacerdote obeso y mofletudo invocaba al todopoderoso para que tuviera piedad de su siervo cuya voluntad había sido la de que fuese enterrado al estilo tradicional: Nada de cremaciones y vainas modernas. Por eso los sepultureros comenzaban a revolver cemento para una lápida especial con el retrato más fiel del difunto y una frase que nadie entendió: Moriturus sum.

Un ávido admirador del doctor había encontrado una pista: Años antes, en la sección Sociales del diario El Liberal de Popayán se había publicado la siguiente nota: En la Iglesia Catedral de Nuestra Señora de los Misterios, unieron sus vidas la agraciada joven Cecilia Coral y el profesional del Derecho Julio Irurita Mosquera. Ella es hija de la distinguida dama payanesa doña Elisenda Angulo viuda de Coral y él, vástago ilustre de la aristocracia bogotana. Hacemos llegar nuestras sinceras felicitaciones a la pareja y les deseamos una feliz luna de miel en la laguna de La Cocha, al sur de Colombia.

Esa nota era la única que aludía al estatus clasista del apellido Coral y la primera vez que, averiguando por aquí, chismoseando por allá, se supo a ciencia cierta que el título de doctor correspondía a Juan, aquel abogado coloradote y muy juicioso que llegó al pueblo de Belalcázar como Personero del municipio, con un esmirriado sueldo de $30 pesos.

Juan era ciertamente un tipo demasiado correcto que no mataba una mosca. En el pueblo no se le conocía novia, a pesar de que lo hacían poner rojo las coquetas que aspiraban a ese tímido cuarentón jurisconsulto, a contravía de las que se casaban con un policía parlanchín.

Tampoco salidas parranderas a sudar el amor con las putas de Villa Alegre, un pueblito perteneciente al departamento del Huila. Si acaso, su único vicio era la tomadera de café fuerte Sello Rojo todo el santo día. Desesperadamente, pues alegaba que era su forma secreta de mantenerse vivo y la manera obligada de subsistir con tan insólito sueldo. Por eso se le veía tan flacuchento y pálido. Más hecho pedazos que el bobo del pueblo.

Todo esto fue por los años… 47 o 48, cuando en Belalcázar se rumoreaba la entrada de un tal Santos Rincón. ¡Claro!, al doctor le tocó esconderse en la iglesia para que no lo mataran dizque por ser liberal. Aunque nosotros no entendíamos esas causas. Acordémonos de que en el 48 mataron a Gaitán, el señor que hablaba muy bonito.

A Belalcázar no subía mucha gente nueva: El flamante funcionario era el forastero más introvertido a cuyo pasado nadie podía acceder y de cuyo miserable salario todos los pueblerinos vivían escandalizados y se conmiseraban.

¿Quién diablos era ese papito chapeado, buen mozo, de acento pastuso, o sea fronterizo con el Ecuador?; sin embargo, otros alegaban haberle oído ciertos dejes gringos y otros, que argentinos. Nunca piropeaba a las muchachas casaderas, iba todos los días a misa, luego a la telegrafía y terminaba en la casa del secretario de la Alcaldía para compartir su manía de tinto cerrero y hablar de sus confusiones políticas.

Había gente que, de tanto ver tras los visillos a ese silencioso caminante, no tragaba cuento; hasta llegaron a pensar que el doctor sería un agente del imperialismo yanqui disfrazado de mudo.

Poco a poco crecían las conjeturas que, por lo menos, alegraban la monotonía laboral de un pueblo como muchos que yacían colgados de enormes montañas. No era raro que el alcalde Chicangana, el cura Constaín, el sargento Artuño, jefe de Policía y el barbero Martínez se reunieran por las noches a tomar unas copitas de aguardiente y a divagar sobre los noticieros de radio cadena Caracol sobre la violencia que se extendía por el país implicando a conservadores y liberales.

Pronto los dimes y diretes, las versiones de Fulano y de Zutano, del compadre Perencejo se convirtieron en un embrollo con cientos de cabos sueltos sobre la personalidad del Personero Municipal y sobre el peligro en que podrían estar todos los parroquianos, por obra y desgracia del hermetismo de aquel pretendido pastusogringoargentino.

Hasta el bobo del pueblo andaba con una cruz de hueso y cara de empavorecido.

El doctor Juan Coral estaba inevitablemente en boca de todos, con su incoloro pantalón de paño, su chaleco renegrido, sus zapatos rotos y su par de aros sin resorte que le servían para disimular su ilusión de medias. La incertidumbre era de tal magnitud que había enfermado el ánimo del pueblo. Ahora estaban todos abarrotando la iglesia y el cementerio de San Francisco en Popayán:

¿Quién era el finado? ¿Era el mismo de los telegramas larguísimos, con un estilo pomposo e ilegible para el pobre vocabulario de la telegrafista? ¿Era el mismo que un día resolvió, por única ocasión en público, abrir la boca para gritar:
La solitud y el café son la ríspida y conspicua motivación de la vida?

Seguían sin creer que fuese él. La duda martillaba en sus cabezas enfermas.
Todos los datos se diluían en la vaguedad de una amnesia senil. A todos los atacó un tremedal de llanto y no les importó si valía la pena llorar por un desconocido conocido, por un Personero que los había hecho sufrir gratuitamente con su apatía y su carencia de identidad. La enfermedad los arrastraba hacia la rememoración del odiado jurisconsulto: Lo vieron en la telegrafía agachado sobre la mesa borroneando sus grandilocuentes frases.

Lo vieron arrastrándose en el bar de don Sóstenes Pabón; violando a una adolescente secuestrada por él. Tiroteando a un indefenso recluta que lanzaba vivas al partido liberal.
Dicen que uno tiene la muerte que la vida le merece. Nadie en Belalcázar lo vio morir.

Por eso estaban detrás de su ataúd, junto a las beatas que, a lo mejor, habían sido desfloradas por el amable abogado; oyendo el panegírico del alcalde en el que resaltaba la trascendencia inmarcesible de la oratoria de Juan Coral Rual; abrazados con el bobo del pueblo que era el único que portaba solemnemente una cruz de hueso.

No atinaban a saber si le estaban haciendo un homenaje póstumo o una manifestación colectiva de rechazo feral. Sentían por todo su cuerpo la obligación moral de reconstruir fidedignamente la imagen de Juan Coral Rual. Saber la verdad sobre aquella verdad ya muerta y aspergeada por el sacerdote obeso. Abandonarían la avenida de "la última lágrima" siempre y cuando supieran que se trataba de él. Necesitaban tocar su cara, identificarlo. Llorar al muerto causante de esa enfermedad desconocida en la que estaban cautivos.

Unos días antes del multitudinario entierro, un parroquiano de los que pensaban que el Personero era pastuso, viajó al departamento de Nariño y logró conseguir el siguiente documento que a la letra decía:

"El suscrito notario público del circuito de Pasto, a solicitud verbal del interesado, hace constar que en el libro de Registro Civil de nacimientos No 18, correspondiente a los años de 1910-30, folio 111, se encuentra inscrita la partida de nacimiento de Juan Coral Rual, de sexo masculino, nacido en Pasto el 6 de junio de mil novecientos diez".

Poco a poco se supo que el doctor había sido casado con una dama de alto coturno de Popayán y que, por amor a ella, la había autorizado para recibir el elevado sueldo real de asambleísta por el departamento del Cauca, mientras él se defendería como Personero del municipio de Belalcázar. Pero la dama, que vivía en vil amasiato con otro aristócrata conservador, se gastaba el sueldo en lujosas prendas y en vida alegre.

Averiguaron también que nobles pañales habían cobijado a Juan Coral Rual, en un hogar de políticos liberales. Entonces, la pregunta era: ¿Qué lo había llevado a aceptar un cargo tan modesto en un pueblo desconocido y sin trascendencia?

El despecho por la infidelidad desairada de doña Elisenda Angulo y la imposible comunicación con su hija Cecilia, quien seguía la conducta arribista de su madre y la renuencia afectiva hacia su padre.

Quedaba claro para los de Belalcázar la razón del hermetismo del doctor: El silencio que corroía su corazón.

Nadie logró saber quién era el difunto. Había sido encontrado desfigurado por los gallinazos, abandonado sin documentos y una sola puñalada certera, en un monte aledaño a un puteadero de Villa Alegre.

Belalcázar no volvió a ser la misma. La gente se iba muriendo de tristeza, de silencios, de no saber si alguna vez Cecilia entendió el dolor de su padre en palabras tan crípticas como solitarias. De no saber quién había sido el difunto y de qué había fallecido. Hasta que todo el mundo, para borrar de su memoria la imagen que los seguía enfermando, decidió hacerle caso al juego del bobo: Miraban como él al cielo y el bobo les preguntaba: ¿Ven una cruz de hueso?

Ellos decían que no. Entonces el bobo soltaba tremenda carcajada y les hacía ponerse el índice sobre el cuello.

De inmediato le salía un terrorífico llanto y ordenaba: Entonces, ¡córtense el pescuezo!

El municipio de Belalcázar desapareció recientemente, por una avalancha provocada por el río Páez.

Aunque cuesta aceptar que los lugareños se tomaron en serio la ocurrencia profiláctica del bobo, se encontraron, óiganlo bien, cientos de cadáveres degollados que habrían muerto con una obsesión enfermiza y cándida y en actitud beatífica.

El bobo, único sobreviviente, se moría de la risa.

Iván Ulchur Collazos

Alguien al otro lado de la línea

Son las 6:00 de la tarde.
Zobeida y yo hemos llegado de la universidad del Cauca donde enseñamos literatura.
Zobeida se apresura a poner la cafetera y enseguida timbra el teléfono.
— ¿Puedes contestar? - me pide Zobeida, mi mujer. Le digo que acabo de empezar la lectura de un cuento de Borges, para mi clase del martes.

El cuento plantea la dificultad de ser fiel a la realidad. El narrador dice que "el hábito literario es el hábito de intercalar rasgos circunstanciales. " El teléfono sigue timbrando.
—Ezra, por favor, contesta, insiste Zobeida. Ese ruido me pone histérica. ¡Agárralo!
—Ulrica es un cuento de amor. Breve. Substancial. Apenas empecé y ya tengo que interrumpirlo.
¡Pucha! Teléfono equivocado.
Están llamando a la funeraria El Recuerdo.
Cuelgo y el teléfono inmediatamente vuelve a sonar.
—Contesta tú, yo estoy en el baño, me grita Zobeida. Otra vez se equivocaron.
Creo que necesitan un ataúd con urgencia.

¿Quién será el muerto?
La próxima vez no contestemos.

La cafetera ha empezado a chillar y hace piiiiiiii interminablemente.

—Lo que faltaba-digo- tratando de contener mi molestia.

El teléfono vuelve a timbrar. Zobeida echa maldiciones desde el baño. El aparato timbra y timbra hasta que, por fin, se calla.

Del baño sale el vapor de agua caliente. Zobeida me llama para pedirme un cigarrillo. Se lo paso con un caracol de cenicero. Ella fuma con una mezcla de fruición y de estrés. Afortunadamente, el teléfono hace rato que no suena.

Pero el silencio no es total: El televisor ha estado prendido desde las 7 de la noche. A las 8 pasan el noticiero en el canal 5 y yo estoy pendiente mientras preparamos la ducha para los niños.

El escritor se encuentra casualmente con Ulrica en la ciudad de York. Aquí voy. Doblo el margen derecho de arriba porque no quiero perderme el noticiero. Descuelgo el teléfono, aunque Zobeida me aconseja que no porque, a lo mejor, llama la abuelita o alguien de Estados Unidos, por ejemplo, nuestra amiga Margarita o la mamá de Zobeida que hace meses no se deja oír.

Zobeida ha encendido otro cigarrillo.

—Te noto preocupado, me dice.

—Le contesto que sí; pero que tampoco es para que exagere. Tengo taquicardia, eso es todo.

Le digo que los teléfonos pueden convertirse en una fuente innecesaria de angustia. No debieran existir. Debiéramos descolgarlo siempre, mientras bañamos a los niños y comemos en la cocina y luego escuchamos el noticiero y luego nos alistamos para dormir.

Estalló otro carro bomba, en pleno Bogotá.

—¡Mira, es terrible! ¡Eso es horrendo! Cambia de canal o apaga o sigue leyendo a Borges. Mira. Atroz. La guerra sigue. ¡Qué asco! ¡Apaga, por favor! Zobeida está que no se aguanta. Frunce el ceño. Abre desmesuradamente los ojos.
Voy a la ventana a observar la niebla lúgubre, fascinante. Diviso a varias personas que suben por la avenida Panamericana. Oigo el trepidar de un bus que baja a toda máquina. Respiro hondo. Zobeida acaba de aplastar la colilla sobre el cenicero. Presiona, insiste en machacar toda la colilla y allí se queda varios minutos, pensativa.

Vuelvo a Ulrica: "Lo que decimos no siempre se parece a nosotros." Borges utiliza el cuento como pretexto para filosofar, para hacer digresiones platónicas entre el ser y el parecer. Sigo leyendo.

Ahora los niños duermen plácidamente. Jugaron tanto que cayeron como piedra. La casa queda tranquila, por momentos.

La taquicardia ha vuelto: Tun, tun, tun. Ese sonsonete. Ese golpe del tiempo. Ese reloj abotagado, esa señal de tambor atávico.

¡Qué sé yo!
Para qué le digo a Zobeida. No quiero que se ponga más nerviosa. Allí está en la cocina con otro cigarrillo y otro vaso de café cargadísimo.
—Hola, mi amor-le digo en su oído, sin anunciarme, con una voz deliberadamente susurrante y ella pega un grito y se lleva las manos al pecho y me dice: —¡Bruto! ¡Me vas a matar del susto!

Son cerca de las 11:00 a.m. Creo que, al fin, podré sentarme en el sillón a terminar de leer a Borges y a ver qué trae el diario.
Leo en Ulrica: ¿Qué es ser colombiano?
—No sé- le respondí-. Es un acto de fe."

Javier Otálora, el narrador, que dice ser de Popayán, se ha enamorado de Ulrica la hermosa noruega que cita a De Quincey y que no se inmuta al oír el aullido de un lobo.

En mi falda descansa el diario.

No puedo evitar leer un titular:
"Hallan violada y asesinada a una joven de 17 años. Sus vísceras estaban regadas por el suelo ensangrentado." Busco otra noticia. Algo diferente.

Quizás alguna crónica insólita de la felicidad. Tal vez la historia de un pájaro o de un sueño bonito. Zobeida sigue en la cocina. La cafetera hace un ruido endiablado, pero Zobeida no parece mosquearse. Ese chillido persistente me pone los nervios de punta- le digo-. Recuerdo haber leído que una forma de tortura consistía en encerrar al reo en una especie de cubo que le impedía mover su cuerpo arrodillado. Una gota de agua caía incesante sobre la corona de su cabeza.

De pronto, mi mujer se levanta, viene hacia mí y me abraza en silencio. Luego, pisa el diario con cara de malévola y me dice:

—Tú y tu Borges. Tú y tu maldito periódico. Tú y tu noticiero.

Creo que eres un masoquista de mierda. ¡Deja eso, por dios, deja eso! Vamos a
dormir, mejor. Bésame. Necesito calentar mis pies en los tuyos y que me masajees los juanetes. Necesito que me desees con gana de adolescente. Necesito que imagines otras cosas.

Estamos muy apercollados. Como dos personas a la espera de algo.

Zobeida ha encendido otro cigarrillo, recostada sobre una almohada grande y un cojín de seda. La mimo y empiezo a preocuparme porque ha empezado de nuevo la taquicardia.

Pronto serán las dos de la mañana.

—¿Cómo termina tu Ulrica? - me pregunta-.

—Pues, muy bien. La mujer se acuesta, por primera y última vez, con Otálvaro quien recuerda que el lecho se duplica en un vago cristal y es espejo de la escritura.

—Ese final sólo le pertenece a Borges me dice soñolienta, Zobeida. Me gusta saber de un Borges enamorado que se oponga a los laberintos y a las frías bibliotecas. Prefiero al Borges poeta-.

Luego, Zobeida bosteza largamente.

-Mi amor, en todo caso, los cuentos no importan, la consuelo.

Lo importante es que estamos aquí los dos, con los pies helados y tus juanetes, tratando de dormir pensando en nosotros, aunque con la cabeza llena de telarañas.

Pero yo estoy pensando en otra cosa:

— ¿Qué irá a pasar mañana en Bogotá? El último carro bomba acabó con la vida de varios niños de la calle, lustrabotas, escolares, gente inocente.

—Mi amor, te pido que no pienses en esas barbaridades. Por favor.

Vas a echar a perder tu salud.
Zobeida se toca el pecho; luego me mira y dice:
—Ezra, últimamente te noto más preocupado que nunca, sabes. Te tomas muy en serio lo de tu taquicardia y lo de los infartos y las embolias tan frecuentes en tu familia.
Te tomas muy en serio tus dolores en la vejiga.
Te asustas innecesariamente por esa neuritis en el brazo izquierdo y por esas sensaciones extrañas que dices te asaltan a la hora menos pensada y sobre todo, cuando vas a tomar un taxi para el trabajo. No quiero que te vuelvas hipocondriaco.

Si a eso vamos, terminaremos encerrándonos, porque salir a la calle también es peligroso: Sales, de pronto pum pum y ya todo se habrá acabado.
No quiero que te dejes de los presentimientos.
Piensa en nosotros, en los niños, en las rosas rojas, en el aire, en las frases diferentes de los poetas, en Dios, en tu Dios, en mí. Nadie se muere la víspera, Ezra. Nos moriremos de cualquier cosa, menos de enfisema o de infarto.

Nos moriremos bien tarde en esta vida. Bien tarde; esto lo sabe Dios. Tu Dios. Nos moriremos de viejos, mi amor. Nos besamos largamente. Zobeida besa mi barba.

Mi mujer es tierna y comprensiva.
Pocas hay como ella. No hay.

Pronto serán las tres de la madrugada. Miro al techo. La miro fijamente. La beso.
Se me escapan las lágrimas y, afortunadamente, ella no se ha dado cuenta. El humo de un pucho de cigarrillo se expande en volutas que semejan a los genios que salen de las lámparas maravillosas.
Afuera llueve a mares.

La casa retumba. Zobeida duerme. Voy al cuarto de los niños. Son hermosos y su sueño debe de ser hermoso también.
Sin ellos, ¿qué haríamos?
Yo sigo insomne. Pongo el despertador para las 7 de la mañana. Sé que algo raro nos ha estado pasando. A veces nos da por estos temas. Quizá por el mal tiempo o quién sabe.

Salto como un recluta, de la cama. Zobeida es un submarino para dormir. Antes de ducharme, conecto el teléfono. Miro con curiosidad aquel aparato negro. Tengo deseos de estrellarlo sobre el piso. De arrancar de una vez por todas aquel maldito cable negro que sale de abajo, de la profundidad. Miro por entre las celosías del baño y siento la vaharada de la niebla.

Es una niebla espesa y misteriosa. Una niebla que le encantaría a Sherlock Holmes. Una niebla que invade el corazón y el miedo. Oigo el grito de un vendedor de periódicos.

Veo la luz intermitente de una ambulancia que baja. Oigo -y me sobresalto- el rin... ring maldito de esa cosa negra que martilla en mis oídos. Alguien, al otro lado de la línea, el mismo número equivocado, alguna noticia inesperada.

 ¿Quién sabe? Uno nunca sabe.

-¿Aló?

-¿Aló?

El agua hierve en la ducha. Percibo el chillido monótono de la cafetera en la cocina.

Zobeida duerme. Parece inquieta.

Los niños, despiertos ya, se precipitan gozosos hacia el baño. Estoy aterido.

-¿Aló?

-¿Aló?

Silencio. ¿Con quién?

No se oye nada. Absolutamente nada.

Triquitraque

Con mi palma arrugada y sucia sobre tu cabeza de telarañas adheridas en tu trasegar de diablillo suelto, te he repetido hasta aburrirte, las mismas vainas pasadas: La valentía de tu mamá durante la violencia, cuando le tocó enfrentarse a los chulavitas; mis aventuras con una tal Cuqui que trabajaba de copera en una cantina en Belalcázar; mis años de secretario del juez Bonilla que me encargaba el levantamiento diario de liberales macheteados como quien pica papaya. En fin, esto de hacerle a la vida con las manos callosas y mis escondidas lamentaciones y carajadas de hombre ausente de lágrimas.

Como que todo va pasando rápidamente y el tiempo se escabulle: La piel, las ganas de vivir, este cuero mal curtido en tantas jodencias que uno carga en cada viaje.
Hasta hace poco eras el niño adelantado de la escuela Guillermo Valencia en Timbú. Se llamaba así en homenaje a quien había sido un poeta de Popayán, mujeriego y candidato a la presidencia por el partido conservador.

El director se llamaba Venancio Plazas.

Me dabas grandísimas alegrías cuando tu carita sucia se aparecía con un guiño sabihondo y tu mamá y yo sabíamos que te habías fajado en serio y jurabas que no leerías más esas colecciones pendejas de Tarzán y el Charrito negro porque yo estaba listo para quemarlas.

A duras penas acierto a comprender esas vagabunderías. Claro, entiendo que eras muchacho y quise herirte como si fueras viejo o niño maduro y tembo. Imagínate que yo pasaba desvelado viendo tu cara chupada, alelada con el circo teatro andino y los famosos payasos chilenos haciendo piruetas en la cuerda mortal y el rugido de los leones africanos y el vendedor de maní fresquito y tostadito y el prestidigitador chino y la mujer enterrada viva y el charro mejicano que no era otro que el Juan Solano, nuestro vecino, y las risotadas de todos los asistentes que se tenían la barriga y la plata que se iba tan rápido como llegaban los insomnios.

¿Recuerdas el tren? A los tuyos se les daba cuerda y salían disparados. Mucho peso poca plata, mucho peso poca plata. Tus carrileras en el baño, en la huerta, en tu cuarto desordenado; llegaba la Navidad con sus cohetones lucerados, el centelleo de tus triquitraques, pum purumpunpun.

Tus trompos rajados, zarambeques, tus trompos multicolores que bailoteaban que daba gusto. Esos benditos triquitraques que asustaban a tus hermanitas. Triquitraque.

Después, contentarme con escarbar en tu cajita de chécheres y en la cacharrería ambulante de tu bolsillo en el que encontraba caucheras para matar pájaros, bolas chiltadas para jugar a la meca, papeles amarillentos y garabateados, monedas antiguas, muñecos despanzurrados, alfileres para puyar el trasero del director don Venancio; hasta que te llegó una voz de gallo y te alargaste y empezaste a fijarte en las chicas y se te inflaba la bragueta.

Tú ves que soy ahora un viejo chocho y supersticioso. A vos, en cambio, se te quitaron de la cabeza los cucarrones y las mariposas negras. Te la pasabas fascinado con el ruido de las Yamahas y los autos de las películas a lo James Bond.

Un día te pillé vestido de John Wayne y otro de Rambo tirando a matar. Eras grande y bigotudo y tu voz dejó los berrinches para pedirnos juguetes. Sin embargo, vivías en la luna a la espera de que tu suerte funcionara de repente con las loterías que cambiarían tu pinta de perro huérfano, clase baja. Carajo.

Pero, con todo y gafas oscuras, yo intenté comprenderte cuando insistías en seguir siendo un niño con trenes eléctricos, relojes digitales, cañones de guerra, bombas de miniatura, misiles con rayos láser, soldaditos de plomo. Ahora ya no te das cuenta y te importa un bledo la vida. A pesar de todo, te he comprado una moderna flota de Mirages para que los dirijas a tu antojo, para que juegues a los muertos y te aleles de la ferocidad de los combates. Pero no me obedeces. Pareces contemplar las flores blancas y los crisantemos dobles y las luciérnagas de las noches inacabables; sigues viviendo en los años de carne viva. No habrá razón para que te levantes del sueño.

Te ves muy despierto con tu cara sonrosada y los algodones en la nariz. No quiero molestarte. Sigue durmiendo que yo cuidaré de tu armada y de tus cachivaches. Míralos. Recuerda que son aviones de guerra y travesuras de soldaditos con sus máscaras de muñecos estupefactos. Estás allí como una estatua. Mudo. Impávido. Tú que eras el loro que aguantaba nuestras cantaletas. No volverás a jugar a la meca ni a los trucos ni a los bandidos que perseguían al Llanero solitario ni a Roy Rogers ni a los Tipos ni al Cisco Kid. Esta vez no valen las trampas.

"Que pase el tren que ha de pasar, que nuestro Triquitraque se ha de quedar."

Iván Ulchur Collazos

Alguien me asedia a Rafaela

Este fin de semana hemos ido con mi mujer a tomarnos unos rones al café Cefiní. Los niños duermen y es justo que salgamos solos y que hablemos de nuestras vainas cotidianas. Hace tiempos que no hablamos de los dos y muchas sombras perturbadoras se han acumulado en nuestra vida.

Cefiní es un lugar acogedor, aunque el color sepia de sus paredes induce a cierta melancolía: Muebles toscamente tallados, mesas pequeñitas pintadas rústicamente. Las paredes están repletas de graffitis ingeniosos y de caras dibujadas a plumilla. En el centro saludando a los recién llegados, el retrato gigante de Humphrey Bogart con el cigarro en su mano derecha y su sombrero que me recuerda a Carlos Gardel pero sin sonrisa. Del fondo, casi imperceptible, se escucha una canción de Charles Aznavour: ¡Qué profunda emoción!

El dueño de Cefiní se llama Francois.
La luz de los focos no pasa de los 50 kilovatios. No es un sitio propiamente chic. Más bien poco frecuentado. Pero tiene un encanto marginal, un arreglo que pretende ser cuidadosamente desordenado, con pinta de cantina popular enclavada en el corazón de un barrio de gente bien.

Frente a nosotros, en la penumbra, alcanzo a divisar a un hombre joven de barba negra azabache y ojos profundos y negros. Está solo, encogido y en posición de hombre apaleado por la vida o por la lluvia que cae pertinaz sobre el tejado. Tiene una cabellera abundante, indómita, como de león al acecho.
El hombre mira fijamente a mi mujer. No parpadea. Ahora me fijo con más cuidado en su figura. Es voluminoso. Diría que luce grasiento y simultáneamente famélico. No sé por qué; pero tengo la impresión de que escribe.

Eso. Tiene pinta de escritor romántico.
Quizá de pintor recién divorciado o de alguien que vive ajeno a cualquier convencionalismo. Podría ser hombre de cine. Bebe cerveza. Jadea. Tose y empieza a tamborilear nervioso sobre la mesita. Pero no deja de mirar a Rafaela. Me asombra que no parpadee. Rafaela lo ha notado ¡Cómo no lo iba a notar desde el principio! Antes de sentarnos. Incluso tan pronto aparecimos, Rafaela se ha sentido desnudada y su sonrisa entre mueca y manifestación de regocijo, lo delatan.
Ahora el hombre jadea con mayor intensidad, tanto que su suspiro llega a nosotros como una agonía.

Es un jadeo extraño que no va con su aire de inquisidor. Rafaela se ha puesto tan nerviosa que no logra hilar frases coherentes.

Yo he pedido una cuba libre y ella un café bien cargado para acompañar el movimiento obsesivo de sus labios fumadores.

Noto que hay pocas personas. Cefiní suele estar lleno de gente diferente. Quizá la lluvia haya espantado a muchos clientes. Es esta la única explicación racional que se me ocurre. Somos tres personas enfrentadas. Es como si nadie más quisiera interrumpir esta situación. El silencio empieza a inundar cada momento que pasa. De pronto, Rafaela me abraza y estampa un sonoro beso sobre mis tensas mejillas. Yo, automáticamente, también la abrazo y la beso ilimitadamente. Luego intentamos hablar cogidos de la mano y, en ese momento, rueda el vaso de cuba libre, se riega sobre nuestras manos y cae ruidosamente sobre el piso de madera crujiente. El ruido me ha sonado a terremoto.

Es tal mi preocupación por la mirada fija de ese tipo, que siento la llegada mortífera de una hecatombe.

No sé por qué, pero empiezo a sentir que las partículas de vidrio se levantan amenazadoras sobre mis ojos.

Son balas de cristal. Si, vienen hacia mis ojos amedrentados y veo que Rafaela levanta providencialmente sus brazos largos, aceitunados y repletos de joyas de plata y que aquellos disparos se estrellan en sus sortilegios de gitana.

Ese tipo no parpadea. ¡Mierda! ¿Qué se propone? ¿Quién podrá ser? A mí me está sacando de quicio. No quiero que la desazón me invada. Necesito disimular mi enojo. Al fin y al cabo, ¿para dónde más podría ese tipo dirigir su mirada? Al fin y al cabo Rafaela está conmigo y sus ojos están con mi ojos y su piel me acaricia y yo la siento como nunca mía, igual a mí. Idéntica. Francois ha puesto un disco de Jacques Brel: « Ne me quitte pas... ne me quitte pas... » Jacques Brel, con ese dejo tristón, dicen que era una persona muy solitaria, con ese acento nasal de cantor apesadumbrado.

Hablemos de nuestras vainas- me dice Rafaela intentando poner orden en su mente.
—Sí, hablemos- le digo-. Pero noto que ella está siendo víctima de aquella letal mirada.
Noto que se pone nerviosa, que ya no puede disimular. Que no sabe ahora qué hacer ni qué decir. Su piel de aceituna árabe se ha vuelto encarnada.
Ensaya una sonrisa que empieza frente a mi rostro y se abalanza hacia aquella cara posmona, grasienta, innombrable, puerca.

Ese tipo no ha dejado de tamborilear. Jadea menos, aunque no se ha movido un ápice de aquella posición de apaleado, de hombre con frío, de gordiflón repleto de ganas represadas.
Por fin el hombre ha parpadeado.

Fue la sonrisa de Rafaela- me digo- mientras trato de reprimir más mi furia. Un parpadeo rejuvenecedor de alguien que ha reprimido durante mucho tiempo sus deseos.
Noto que sus ojos profundos y negros están iluminados, que brillan y se mueven jubilosamente. Sin embargo, no puede reír.

Lo intenta, pero le sale un rictus tenebroso.
Vuelve a jadear irreprimiblemente. Vuelve con su tamborileo estúpido y ahora empieza a mesarse la barba, aquella barba copiosa de escritor, aquella barba azabache, negra, negra.

—Es necesario que hablemos Rafaela - le insisto-. Hablemos. Digámonos algo. Ya es muy tarde y hay pocas ocasiones como ésta.
Ese tipejo está haciendo un esfuerzo por sonreír. Rafaela habrá caído. Estará pensando en él, en su pinta romántica. Será-por qué no- un encuentro no propiciado, pero sí deseado. Las miradas son signos peligrosos, ambiguos.
Hago un intento supremo por evitar que la imaginación nos haga daño; pero no puedo dejar de mirar a ese sujeto sin sonrisa, a aquella mole que se arranca violentamente los pelos de su barba, a aquel enigma que parpadea como una Barbie.

Se ve que Francois es admirador de Jacques Brel. Ha repetido tanto aquella canción que ya me la sé de memoria:" No me dejes, no me dejes", casi como una agonía.
Debemos borrar muchas sombras. Hablemos. Rafaela va por el quinto café y por la segunda caja de Marlboros.
— ¿Para qué quieres hablar? - me interrumpe Rafaela- si tú ya perdiste la fe en la palabra-.
¿Quién podrá ser aquel mierda? ¿Por qué pienso en que puede ser un escritor?

—Es cierto. -Tienes razón- le digo. Wittgenstein decía que el lenguaje es una red de caminos equivocados transitables.
No deja de llover. El aire está viciado.
—¿No te parece Rafaela que Humphrey Bogart tiene mirada de usurpador? Lo digo por decir algo. Lo digo porque quiero cambiar de tema. Lo digo porque no sé qué hacer con mis ojos ni con los ojos de Rafaela ni con los ojos de aquel hombre encogido que sigue arrancándose los pelos de su barba y que no sabe sonreír. Además, tamborilea sin ritmo y tiene mirada de loco. Como si fuera poco, es alguien que escribe y los que escriben tienen fama de ser pésimos amantes.

Son seres medio extraños y peligrosos. Se meten donde no debieran. Andan al acecho de todo los que les sirva para sus falaces ensoñaciones.

¿Quién sabe cuánto habrá saqueado ese abominable fisgón? ¿Cuánta inquietud habrá inficionado en Rafaela?   O por el contrario, habrá sido Rafaela, exótica y engreída, quien le haya hecho sentir pasiones inconfesables y le haya barrenado aquella caparazón de tortuga solitaria. Lo digo porque Rafaela nunca fue coqueta en el sentido explícito de la palabra. No ignoro que las mujeres son las que verdaderamente eligen.
Que son ellas las que incitan desde el disimulo, desde un lenguaje disimulado pero letal. Rafaela vence. Su indiferencia ha sido quizá la razón por la que ese hombre ha empezado a desmoronarse, a parpadear como un bovino.

Son ya las dos de la mañana. La lluvia se ha convertido en tempestad. Los relámpagos añaden cierto misterio a esta escena imprevisible. Ya no me importa pensar en la obsesión de François por todo lo que suene a Brel. Tan solo oigo un ruido que me taladra las sienes.
Cefiní está atosigado de humo. Un humo denso que se asemeja a un bosque de lobos enjaulados.

—   ¿Te pasa algo? - me pregunta Rafaela. No, le respondo tajante.
—¿Y a ti? - le pregunto con ánimo belicoso.
—Se me acabaron los Marlboros y esto es lo único grave- responde sugiriendo que nada de lo que ha estado pasando es significativo, sugiriendo que ese

hombre no es nadie más que un ser indefenso, insinuando que estoy enfermo de celos y que aquel asmático es apenas una alucinación mía, el producto de mi esquizofrenia represada.
Es posible que Rafaela tenga razón. Es posible que ese hombre no sea más que la proyección de mis carencias. No descarto que los celos hayan sobredimensionado por primera vez mi pobre fantasía.

Para ser sincero, a mí siempre me cayeron mal aquellos dementes que se la pasan de mar en mar y de nube en nube. A mí me gustan lo terrenal, la vida tal como es, no las sombras ni los sueños ni las tramas evasivas. Tal vez ahora, en este Cefiní solitario, mientras llueve, mientras la tempestad arrecia, Rafaela entenderá mejor por qué nunca escribo y por qué no creo en el lenguaje. Odio sentarme frente a frente con la palabra. Prefiero el blanco de las páginas. Prefiero un ron bien añejo. La ciencia y la lógica han sido para mí, la tabla de salvación ante tanta superchería.

Quizás entonces Rafaela comprenderá por qué en mi corazón hay niebla y odio. Un odio que se acrecienta a medida que Rafaela se levanta, estilizada, triunfadora, y empieza a contonear su mirada alrededor de aquel abominable hombre de letras.

Uno se llena de presentimientos

—	¿Oíste?
—	¿Qué? Como ruido de chusmeros.
—Lo de siempre, Agustín, lo de siempre.
Pero esta vez es en serio. Todos los días oímos hablar de chusmeros y a la hora de la verdad ni un tiro.
—Pero esta vez sí, vieja, esta vez sí.
—¡Qué va!, Agustín, es un mal del pueblo; un mal incurable.
Doña Jerónima tenía la figura de una palomita seca y tierna. Su cara manchada de carate se llenaba de arrugas cuando sonreía pícaramente al viejo Agustín mientras este se fajaba una puerta tosca y mal tallada para la señora Julita, presidenta de las hijas de María.

A pesar de tanto arraigo en esa tierra de militares al viejo le quedaba duro entender infinidad de historias que se le iban quedando en su cabeza a medida que el martillo retumbaba hasta por los lados de la Mesita, se extendía por Avirama y terminaba su recorrido en un eco extraviado y bombástico. A uno le da ganas de pensar lo peor. A uno se le mueren las lombrices de sólo pensarlo y de sólo tener el presentimiento de que en cualquier momento pueden llegar y acabar de una sola con todo.

Agustín tenía un empecinado acento huilense. Escondía unos ojillos de michí en un sombrero panceburro que conservaba desde su época de mandadero. De vez en cuando se le antojaba mirar a la calle, fijar su mirada en la rejilla de la cárcel o seguirle la pista a la saratana que acostumbraba a poner en huertas ajenas.
Un día vieron el pueblo rodeado de soldados.

Cosa de todos los días Agustín, cosa común como la lengua de vaca.
Ellos viven aquí: Se emborrachan aquí y se enamoran de las de aquí para después preñarlas y abandonarlas.

La puerta estaba casi terminada. Se la habían encargado sin taponar y de roble para que resistiera bastante. Orgullosamente la levantó, la recostó sobre la pared de bahareque y respiró con tal fuerza que levantó por toda la casa una nube de polvo mezclado con aserrín.

Entonces comenzaron las oscuridades de semanas y meses y los tiroteos y las volquetas repletas de soldados y vengan acá los liberales que son unos comunistas para hacerles el corte franela, te acordás Agustín, los chulavitas que fueron los que entraron con Santos Rincón, el alcalde militar que se estrenó con hp y balazos a diestra y siniestra.

Era un carpintero especializado en puertas sin taponar, en ventanas de chonta y en bateas de nochebuena. Su voz cascada se volvía torrencial cuando recordaba sus tiempos de mandadero y se ensimismaba en sus recuentos de tantos compadres desaparecidos y de tantos muertos sin cruces, tirados, olvidados en esa tierra de tesoros de tumbichucué y de miedos caminantes.

De nuevo volvía a toparse con soldados jóvenes y petulantes, que se la pasaban dando vueltas a la plaza principal, piropeando a las muchachas, caminando con pasos fuertes y largos, olfateando el horizonte negro y avientrado del pueblo.
Ellos habían establecido un puesto militar a pocos kilómetros. Su presencia era ya familiar; muchos eran casados con niñas del lugar. Eran amigos del cura párroco, de Dídimo el farmaceuta, de Nicolás el machazo, de doña Mariela la del grill, de los niñitos carisucios que les tiraban cáscaras y cagajones.

La última vez había sido en la casa del alcalde. Agustín la vio entreverarse por una cerca vieja; la oyó cacarear y luego escabullirse con su corretear de gallina patuleca.

Ese día sudaba miedo. Los veía frente a sí. Se sentiría impotente; le mentarían la madre; le dirían viejo marrullero y se lo llevarían al calabozo y después... quizá lo habrían confundido con un pájaro, con un bandido metido a carpintero y entonces pum pum, adiós, Agustín.

A veces marchaban con los fusiles en bandolera, silenciosos. De pronto, a una orden del sargento se dispersaban y se metían atropelladamente en las casas buscando liberales y haciéndoles groserías a las muchachas. Por eso es que nos prendemos de cuantos santos haya; por eso es que nos metemos a misa de cinco antes del primer repique; por eso es que nos cabreamos por cualquier ruido o cualquier forastero.

El pueblo era estrecho y polvoriento. Tenía forma de olleta enclavada en medio de moles montañosas. El pueblo tenía su historia; pero una historia que se iba olvidando pues quedaban pocos patriarcas y a la gente nueva poco le importaban los muertos de la violencia y el cuento de los chulavitas.

Una noche tuvimos la impresión de estar listos para morir.

Faltaba que distinguieran el rancho de bahareque y murmuraran: Este es otro sapo que hay que tostar; faltaba que entraran sigilosamente ocultos por las matas; faltaba que nos pusieran manos arriba y que nos acribillaran. Pero la muerte no llegó; no era la hora; apagamos la luz y esperamos aguantando la respiración.

Oímos pasos y tacos de dinamita. Pero no. Pasaron de largo y sus pasos se perdieron poco a poco, terriblemente.

A uno se le ponen los pelos de punta con esta recordadera porque los ve uno como si estuvieran vivos; como si desfilaran como ánimas en pena; como si el martillo los despertara o como si estuvieran en la cárcel esperando el traqueteo de los mauser y los chillidos de las mujeres. Sólo el Páez lo sabe; el Páez que se tragó a tantos tiroteados.

Esa agua salpicada de escupitazos bandoleros y de cadáveres morados; Augusto Cuéllar, Calderón el secretario, Manuel María González, los veintiocheros embejucados por la muerte de tantos liberales.
Todos tragados por el Páez; inflados como vacas, como bultos de carne, como desperdicio de matadero.

—¿Oíste?,
—¿Qué? Se entraron los chusmeros.

No. Son soldados vestidos de paisanos que andan en ejercicios de rutina.
Doña Jerónima era experta en hacer velas y era un oficio que la alejaba del vecindario.

Permanecía meses enteros encerrada en su cuarto, dedicada a su labor de mamá olvidada y solitaria. Los rumores acerca de los bandoleros no le hacían mella. Sabía que era presentimiento viejo del pueblo. Sabía que no volverían a entrar; sabía que los forasteros eran objeto de desconfianza; sabía que las montañas que la rodeaban no podían pregonar las masacres, y que las noches seguirían penumbrosas y llenas de neblina.

—	¿Oíste, Agustín?

—No me dirás que bandoleros.

—No.

—Entonces.

Es que la saratana ha venido a poner en nuestra huerta.

Iván Ulchur Collazos

La pista

Para D.J, por su tenacidad

Stacy, estudiante de Gethsemani College, me había dicho que mis meniscos sufrirían menos si me iba a correr allá abajo del gimnasio, rodeado de un bosquecillo repleto de ardillas y de hojarasca otoñal. Resultó que la pista era un lugar espléndido e ideal al aire libre; estaba hecha de caucho de llanta y uno se sentía como trotando en un círculo esponjoso o como sobre una superficie elástica o de gelatina. Además, era un sitio poco frecuentado por la gente. La primera vez que corrí lo hice en solitario y estuve pensando obsesivamente en ese e-mail que le había mandado a Agenor.

Hacía cinco días que habíamos llegado a Gethsemaní College a enseñar por un año, y Agenor seguía, temerario como siempre fue, haciendo eso que la gente de tipo estudiantil o intelectual llama activismo político de manera peligrosa, aunque no quiero sonar melodramático o algo así. Agenor también escribe poesía entre clase y clase. Escribe sin pretensiones de calidad. Lo hace para liberar sus pensamientos de lo que él llama "ansiedad conflictiva."

—   "Por joder." -me dijo.

Días antes de viajar, leí en El diario El Tiempo sobre el asesinato de dos maestros que habían publicado un pequeño folleto con versos sencillos: Casi rogaban a los paramilitares, a modo de crónica, que cesaran su vengativa estela contraguerrillera. Eran dos jóvenes de 22 y 23 años. Los habían decapitado. Hasta la poesía te sentencia, comenté con Agenor que no dijo nada. El Town se llamaba Berea. Llegábamos como profesores visitantes. Stacy me puso al tanto de las pistas deportivas.

El primer día me las arreglé para completar una vuelta después de una de calentamiento, y me hice la promesa de aumentar progresivamente las vueltas aprovechando que ese sitio era poco frecuentado por los jóvenes deportistas. De vez en cuando aparecía uno que otro velocista o una rubia marchista y sobre todo Joe Burkenhaler, un anciano muy alto, mueco, de pelo completamente blanco y barriga prominente que se ponía a recolectar pepas de nuez para alimentar a las ardillas.

A veces me conversaba en un inglés apalache ininteligible y yo le hacía señas de amistad mientras seguía dándole vueltas a ese asunto de Agenor y a todo lo que nos había dicho él cuando fuimos a Popayán a despedirnos. Me había dejado pensando inevitablemente.

Agenor acababa de ser nombrado asesor del primer gobernador indígena de mi departamento. Era un puestazo, si se quiere verlo desde el punto de vista de honor y estatus, pero también podía convertirse en una carrera contra el tiempo de la incertidumbre, contra lo que a uno le puede pasar fatalmente, sabiendo que le puede pasar.

Guadalupe, mi esposa, me decía que no podía entender que todavía hubiese personas como Agenor, tan llenas de un idealismo tal que hablarles de abdicar era ofenderlo. Se necesitaba machera. Se necesitaba algo más que no podíamos precisar. Ahora estoy en mi segundo día.

Es un día soleado y la pista luce más animada. Hay más gente corriendo, especialmente parejas de ancianos y también larguiruchos estudiantes que corren a velocidades vertiginosas, por lo menos a mí me parece. Tengo mis rodilleras puestas. Doble rodillera para mi pierna derecha. Así la molestia es menor. Camino a la pista, me da gusto bajar lentamente por las escaleras de madera del bosquecito. Miro y sonrío cuando me dejo asustar de una ardilla que sale disparada de la hojarasca. Mira rapidísimo a todas partes. Es un animal alerta, prevenido contra todo movimiento extraño o peligroso.

Agenor no contestó mi e-mail. Aunque en mi anticuada Macintosh Performa aparece SENT, ya sabemos que muchos mensajes no llegan a su destino. ¿Quién sabe? A algunos no les llegan los saludos; a otros a lo mejor sí, pero no los contestan. Podemos teorizar sobre los misteriosos motivos que cada uno de nosotros tiene para mantener su silencio. Es un silencio que se me antoja en principio explicable, pero que, a la larga, puede resultar terrorífico. He logrado hacer dos vueltas.

Mis meniscos no me molestan tanto como antes. El doctor Dolberg me aplicó infiltraciones para evitar la cirugía y ahora estoy trotando sin problemas, digo, salvo un ligero cosquilleo que me impulsa a seguir avanzando en el número de vueltas y a tratar de seguir arriesgadamente el ritmo de trote de esos larguiruchos estudiantes.

El e-mail que le mandé a Agenor era bien largo y emotivo. Allí le contaba que Gethsemaní era un lugar muy apacible. "Heavenly" fue la palabra que se me apareció pensando inconscientemente en el presunto sosiego celestial, y la dije pensando en mi país, echándole cabeza a toda esa eterna desazón sangrienta que ya no sé cómo llamarla o describirla sintiendo una sensación de impotencia corrosiva.

Le contaba que aquí uno podía vivir alejado del mundanal ruido y aislarse de tal manera que, perfectamente, podía suceder que nada pasaba allí, que el mundo tenía el color de la hojarasca y de las ardillas ojonas y rápidas como fugitivos al acecho. Ese sábado hice tres vueltas sin problema y cuando Joe Burkenhaler me hizo la conversa me preguntó que cuántas vueltas podía dar sin excederme.

Le mentí orondamente diciéndole que fácilmente podía llegar a diez y él masculló que admiraba mi resistencia. En ese mismo momento se me entreveró obsesivamente esa palabra. Ante nuestro interrogatorio, Agenor nos había dicho que él no se iría del país. Que, si otros se iban, allá ellos, que cada uno tomaba sus propias opciones respetables, por cierto, pero que él seguía con la "resistencia".

Con este son cinco los e-mails que le he mandado y en la computadora sigue apareciendo ese SENT que te da la seguridad tecnológica de que tu mensaje ha llegado a su destino. Sin embargo, quiero creer que no. Que esos mensajes se quedaron flotando en algún lugar del ciberespacio. Quién sabe. Ya voy en cuatro vueltas. Claro que, a ritmo lento, sin apuros, sin afanes competitivos. Tres gigantescas rubias obesas caminan con sus walk man y me saludan. Este día no ha venido Joe. El paisaje es límpido. Ni una lata de basura.

Ni una mosca. Ni una vaharada de contaminación. Mis hijos vinieron conmigo y me tomaron tiempo. Me consolaron guasonamente diciéndome que, para mi edad, yo era una maratonista excepcional. Cuatro vueltas, cuatro veces a la semana no están mal, creo. A lo mejor me estoy engañando. La pista luce linda, prístina. Alguien ha aprovechado el buen tiempo del otoño nocturno para repintar los carriles de azul, rojo y amarillo fluorescentes, los lugares de arranque, los de llegada, los ocho carriles claramente delimitados.

Troto pensando. Trato de no pensar. Trato de pensar en que esta pista se merece pensamientos y sentimientos agradables. Troto deliciosamente, al menos por afuera, porque esa palabra me sigue dando vueltas. Me digo: La vida es una carrera de resistencia. Sin embargo, la resistencia se crea cuando ciertas situaciones se han vuelto intolerables.

Por ejemplo, en Francia cuando los nazis ocuparon el país. Quien resiste se opone a un estado de cosas dolorosas. ¿En qué estaba pensando Agenor cuando hablaba de "resistencia"? Alguien me dijo que si hacía cinco vueltas eso equivalía a una milla y media, más o menos. Pero la verdad es que me mantendré por un tiempo en las cuatro vueltas, lentamente, sin afanes.

Cuatro vueltas ya son mucho para mi condición de profesor no necesariamente atlético.

Ya voy por los diez emails. Mis mensajes son repetitivos, quizá más lacónicos. El e-mail número diez fue una sarta de preguntas. Nada saco con preguntar.

Es posible que, por razones de seguridad, Agenor ya no tenga e-mail o que teniéndolo, haya decidido no contestar nada. Quién para saber. Ese día que nos despedimos de él, nos dijo que diariamente recibía llamadas amenazadoras. Que ya estaba acostumbrado. Que lo acusaban de parte y parte. "Palo porque bogas y palo porque no bogas", nos dijo y se le notaba que no quería hablar de ese tema ni mostrarse alarmado. Quiero intentar las cinco vueltas. Si mis meniscos han aguantado las cuatro vueltas, de seguro que, sin apuros, lentamente, como quien camina por una calle desierta, sin seres humanos, rodeada de campos verdes y ríos de agua transparente, haré las cinco y hasta más. Ayer corrí a más velocidad, pero me molestaron los meniscos.

No es cuestión de aguantarse o resistir porque puede ser peligroso y entonces tendría que recurrir a la cirugía. Tuve que parar y aproveché para conversar con Joe Burkanhaler que disfrutaba de lo lindo con sus ardillas. Su caldero estaba repleto de nueces. Esas ardillas son los seres más alertas.

Se camuflan con la hojarasca y de repente !Suaz! te pegan un tremendo susto al saltar tan graciosamente de un árbol a otro.

Hoy decidí mandarle a Agenor mi e-mail número veinte y, viviendo en Berea, he podido pensar en la majestad del silencio; al mismo tiempo, en el terror paradójico que puede producir un lugar como éste, donde todo está tan calmado que sólo escuchas el ruido de un silencio de piedras y bosques.

Pero el silencio allá donde vive Agenor no existe. Allá se aposenta el pánico y en lugar de silencio escuchas un ruido alharaquiento pisándote los talones, mientras escribes sobre el ánima en pena de tu hermano mayor desaparecido. Quizá algún día me conteste. Ojalá que sí. Espero que mis meniscos aguanten y que Joe Burkenhaler siga llenando su caldero de nueces para esos saltimbanquis roedores.

Correré pensando obsesivamente en esa palabra de Agenor y en sus versos modestos, borroneados "por joder". Quizá en algún momento, -hoy, mañana, pasado mañana-, reciba al fin su saludo o su respuesta a mis preguntas.

No descarto que Agenor se esté jugando su destino absoluto, sin necesidad de palabras. En algún momento tendré alguna pista de su paradero, algún atisbo de su huida.

Los activistas actúan. Sin embargo, me intriga saber sobre qué escribirá.

En mi país la gente ha oído hablar ahora de negociación. De conversaciones de paz. De políticos que abogan por el fin del conflicto y de los reacios a negociar. ¿Será de creer? Por mi parte, seguiré escribiéndole e-mails a mi amigo. Quizás haya publicado, por joder, su folletico.
A Joe Burkenhaler no lo volví a ver. Las nueces están amontonadas. Llegó la nieve y desaparecieron las ardillas.

Hoy, tan temprano, soy el único que trota. Me alejo de la pista tratando de ahuyentar intempestivos espectros: Jóvenes profesores que venden folletos ensangrentados. Un activista que escribe su suerte con un esfero de tinta roja. Me estremezco y me conduelo. Nunca se sabrá. Un copo de nieve se desprende de una rama y cae sobre mi cabeza. Pronostican mucha nieve para este fin de semana. Volveré mañana sábado.

Tarde que temprano sabré algo ¿Será?
Ojalá mis meniscos aguanten mi tranco lento.

Sombra

Una madrugada de inusual diciembre vio a toda su familia sacando maletas y despidiéndose con ternura ilimitada. Azabache, gruñona, majestuosa, bajó silenciosamente de su trono en la cocina y se perdió por entre la nieve. No era hembra de calle ni criatura selvática. Salía, sin embargo, a sus travesías de sexo con galanes de pelambres exóticas y conducta sospechosa. De allí hubo muchos hijos, traídos por ella en su hocico y colocados en la caja de periódicos ya leídos y desechados.

Anduvo perdida varios meses, quizá envanecida de sus conquistas y de sus viajes orgiásticos.
Y volvió hecha una desolación, macilenta, puro hueso, oliendo a maltrato y a turbia historia. Volvió y viajó a otro país, adormilada y recelosa.
Hasta que creyó ver a toda su familia sacando maletas y pronunciando adioses y botando lágrimas definitivas.

¿Qué sería de ella en el frío de los frentes árticos? Oíamos en cada noche sus lástimas de pordiosera, pero no era nadie, no había nadie. El delirio nos acometía. ¿Habría algún hueco caliente que la guareciera? ¿Qué pájaros ingenuos podrían sobrevolar su madriguera?

22 días después, un domingo de noche, un adolescente de cara romana la escuchó y la vio frente al porche como si fuese una reina cariacontecida. Vio, supo y volvió a huir.

Esta vez una niña de 12 años y de ojos rasgados le imploró que bajara del techo de una cabaña. Sombra se dejó abrazar y el susto le dijo que siguiera huyendo y rasguñara a su sollozante dueña.

Luego encontramos una casa abandonada. En la oscuridad alumbramos un libro abierto y renegrido que preguntaba por los ancestros de un ciudadano de Dallas, Texas. El resto era tenebroso.
Allí estaba, temblando de ganas, esperándonos. Se dejó cobijar, mimar y alimentar.

Habíamos recuperado nuestra felina felicidad. Sombra era un regalo que cualquier caminante agradecería y que los dioses suelen mandar para curar a los mortales, de lo insondable.

Iván Ulchur Collazos

Noticias de Dios,
posiblemente en Tierra Adentro

*"Me encanta Dios.
Es un viejo magnífico
que no se toma en serio."*
Jaime Sabines

Cuando era joven y revolucionario me largué de la muy noble y leal ciudad de Popayán a la región donde, años después, una traicionera avalancha de barro y piedras, provocada por un río de aguas mansas, arrasó al municipio de Tierra adentro.

Vivos quedaron: Un perro cojo y ciego y un librero joven y miope que trastabillaba con el perro buscando a la topa tolondra sus gafas de carey. Enseñé en un colegio de monjas vicentinas de sonrisa virgen y deseo maternal de convencer a un exseminarista en un adorador temeroso de Dios nuestro Señor e inhibido profesor de adolescentes de mirada seductora y descreída.

Tierra adentro tenía un aire de voces celestiales, exento de tribulaciones y repleto de señales sagradas y funerarias. Allí empecé a meditar sobre el dueño del universo imitando el asombro del hombre primitivo que babeaba mirando hacia el cielo y pensaba:

¿Quién provoca aquellos espantosos rayos y esparce torrenciales lluvias que alimentan los sembrados y permite que   purifiquemos nuestras partes pudendas? Pero quien escupe al cielo a la cara le cae.

Me dije: Allá arriba en aquel alto vive un fulano que merodea por lo bajo, tierra adentro. Algo o alguien, diseñador de lo bueno y lo malo, enigmático, mago, demiurgo, invisible, misterioso, con fobia social, poco parrandero, juicioso, huidizo como gato, inalcanzable como una dama hermosa, millonaria y sensual.

Pensé, mientras tocaba la canción de Facundo Cabral en mi acordeón Honner:
"Yo no soy de aquí/ ni soy de allá/ no tengo edad ni porvenir/ y ser feliz es mi color/ de identidad."
¿En qué pensé? En que no hay persona que más me complique la vida que este patriarca ultra silencioso y medio distraído. Le he dedicado tanto tiempo a descifrarlo buscándolo por todos los recovecos inimaginables de este valle de lágrimas que decidí viajar al extranjero como cualquier migrante desempleado.

Tomé la ruta más fácil y gratis: Un sueño sin Jet lag donde el avión despegaba y subía y subía y subía como nave extraterrestre o cohete de la NASA; hasta que aterrizó suavemente sobre una pista insólita: Desolada, sin edificios ni torres de orientación, sin multitudes aparentes, aunque, de repente, estaba rodeado de ángeles que me

tocaron para asegurarse de que estaban frente a un teofílico peligroso del otro lado; salieron corriendo con tal rapidez que pagaban por un escondedero. Ya me conocían y pensaban que estaba loco de remate.

¿Qué les parece? Estaba en el cielo y de allá me echaron con la cantaleta de que el cielo tan deseado sólo era morada de las mentes sanas y curuchupas.

Una voz omnipotente salió de un parlante para anunciar que me estaban embarcando por un mar tenebroso en uno de esos cargueros tan amados por el poeta Mutis: Los Tramp Steamer o "vagabundo despojo del mar, una especie de testimonio de nuestro destino sobre la tierra".

El romance de mi destino también parecía estar ya señalado. La canción ecuatoriana habla de un buque fantasmagórico condenado a no poder anclar en puerto, pero esta vez, anclaría en zona diábolis, no tanto a buscar refugio cuanto a escudriñar y comprobar cuán terrorífico era ese tal reino maléfico.

Durante el viaje se me atravesaban las imágenes de otra canción que aludía a la voluntad de ser enterrado en "una vasija de barro", pero yo, vivito y coleando, no estaba pensando en dónde quería ser enterrado y acompañar a mis antepasados sino en conocer personalmente a aquel Deus ex máquina, padre nuestro y soberano del universo.

Veo al diablo riéndose a carcajadas de mis devotas oraciones y melancólicas melodías; de toda esa lujuria ilimitada que inflaba todos los días mi excitado cerebro. Por lo pronto, aquella visión dantesca grabada indeleblemente desde la infancia quedó in artículo mortis.

Resultó que el infierno tan temido era una mansión bien tenida a todo dar, elegantísima, estrato 6, o sea no apta para pobretones maníacos depresivos como yo. Me presentaron al diablo: Buen hombre, de una fealdad bella, afable, chistoso y obsesivo sabio de la Teodicea. Le comenté el motivo de mi viaje a las alturas del Machu Picchu sideral. Y él fue tajante.

Me alegó que a Dios nadie lo había visto. Que perdía mi tiempo intentando lo imposible.
Me lo decía porque su diablura favorita consistía en invisibilizar a su adversario. Don diablo estimuló mis apetencias metafísicas y me convenció de que

todos cargamos nuestras miserias semejantes a esos buques fantasmas aludidos por Mutis.
Razón suficiente para que Dios no aceptara mi petición. Decepcionado, alicaído, regresé a Tierra adentro en un ventarrón vertiginoso y antipático. Ningún humano era digno de ver al Todopoderoso.

Todos, alguna vez, deseamos la mujer del prójimo y quebrantado el sistema jurídico que rige al universo y juzga los placeres del amor desmesurado.

Durante una semana me mantuve en silencio con propósitos de convertirme en anacoreta, alejado de los míos y buscando refugio "en retratos y en espejos". Pero pudo más la palabra pedigüeña:
¡Oh, Dios!, como quisiera dormirme en tus dominios, en tus altas almenas desde donde nos espías. ¿Cómo tienes hoy tu rostro?
¿Pones cara de póker cuando abajo la muerte juega mortalmente con sus pendejos prójimos? Te rasguño. Te zarandeo.

Lanzo mi vaho de viejo sobre tu sombra. Sé que eres poeta y disfrutas cada vuelo de mosca, cada azul añil, cada colibrí, cada sueño de gato travieso que duerme en las manos de mi hija Emmanuela. Tu poema universal tiene un diseño genial y misterioso.

Es un fruto prohibido a los pecadores que insisten en competir escribiendo sobre el mar de tus milagros. Quizás nos buscas, pero esquivas tu cuerpo de fantasma cuando justo te estamos encontrando.
Has dicho que eres el que eres y esto cambia el libreto.

Te defines con una tautología autosuficiente que roza la prepotencia. Sin embargo, te oigo sin oírte y te toco cuando juego con tu nada e ingreso al reino de esta mujer y me convenzo de que estás a la mano, ahora, siempre, con luz de luciérnaga, vegetariana, carnívora, punto final y principio de todas mis descuajaringadas preguntas pensadas en cada segundo de mi vida.

Tierra adentro existió cuando su aire era transparente y el río Páez con sus rocas eran las almas de nuestros antepasados. Ahora es una montaña hecha de polvo humano con miles de vasijas de barro que recuerdan el viaje final adentro de la tierra, cargados de promesas incumplidas, de malabares ilusionistas, de infidelidades perversas.

La avalancha se tomó muy en serio la destrucción, sin avisarle a Dios que es un viejo magnífico y bromista. Seguiré buscando a Dios, de todos modos.

Soy, a mi edad de veterano, un hombre muy tozudo: Insisto, persevero y sólo desisto cuando mi creatividad espontánea agota los caminos.
A esta búsqueda le pondré, con ayuda de Dios y del diablo, la máxima obstinación.

Quiero ver o sentir a Dios en la sopa; verlo escupiendo, soltando gases, limpiándose los mocos, caminando con su túnica inconsútil, sonriendo a las multitudes, sanando enfermos, argumentando con sociólogos, literatos, críticos, fieles e infieles, propagando sus sabios consejos de paz y amor, sobre todo a los políticos cuyo cinismo es más diabólico que el diablo.

En fin, para que esta historia siga su viacrucis llevadero, sin tomarse tan en serio, acudo a ustedes para que crucen los dedos y pueda yo proseguir mi itinerario utópico de toparme con un Dios de carne y hueso, a imagen y semejanza de nuestra mortal angustia e inmortal deseo de morirnos de risa, aquí entre nos, ahora que nadie nos observa viajando en otro sueño al olvido y al infierno, con nuestra pócima de malos pensamientos y heridas en carne viva y fofa.

Luna, la dulce y estelar compañera de vuelo

Cuando Dios no viene manda un cachorro o un león apaciguado o un ciervo o una paloma.
Ellas ya le habían echado el ojo. Estaba predestinada. Habían acordado no decirle nada. Faltaba que Vania fuera y la sopesara. Luna lo vio y se lanzó a coquetearle patas arriba, midiendo su entusiasmo con su lengua exudante y sus quejidos de alegría ante el nuevo y sorprendido propietario. Vania, antes fanático futbolero, trotaba solo trepando por el cemento y la piedra, a las espaldas de un hotel majestuoso. Luna, husky, perra de trineo, era veloz como leopardo tras un conejo imaginario.

Vania no trotaba, volaba sin alas llevado por la correa que indicaba el camino que se hace al andar sin nieve y sin temores, ligero de equipaje, bajo la tutela de ese animal de pelo blanco, con un ojo azul que refulgía, dócil al caminante que volaba sentado en su trineo de falso esquimal.

Luna, conquistada por un robusto malamut, tuvo 10 cachorros. Vania se quedó con la perrita Malu y trotaban los tres rodeados del temor sonreído de la gente que desconfiaba de sus intenciones.

Un domingo, Vania salió a correr sólo con la madre y en un descuido del guardia de la casa, Malu escapó en busca del dúo de maleducados, pero perdió la ruta y desapareció definitivamente en un decir Jesús, quizá robada y resintiendo una orfandad inmerecida.

Poco después, Luna y Vania abandonaron el sendero de piedras: Las llagas detuvieron para siempre sus ademanes de correlona obediente.

Fue enterrada en una casona colonial que pudo ser convento de monjas de clausura.

Luna fue la bendición de un todavía inubicable cielo de animales, compañeros de travesía, adjuntos al diario trasegar del hombre por este violento territorio de magnolias y crisantemos aplastados. Va nía volvió a su infancia de miedos y reavivó las curaciones que al corazón de lo humano hacen perros y gatos retozando.

Dicen que los perros aúllan recordando su ancestro de lobos. Luna ha de vivir aullándole a la luna y a las galaxias, dejando la huella de sus pezuñas en el sueño de Vania.

Su trineo se resiste a la disolución y su vuelo de husky, al desgaste de la memoria. Su espera ansiosa ante la puerta del trotador respira hoy, transpira en los pasos cojos de Vania que extraña su ternura libertaria.

Gato encerrado

Es americano y punto, y no debe llamarse Bambuco sino Pussy. La abuelita nos alegó rotundamente. Era evidente que la criatura tenía pinta de turista gringo. Apenas lo vio retozando por entre las maletas y las ramblas del aeropuerto decidió que su pelambre rubio y su cola roma no eran características comunes y corrientes. Era obvio que nos encontrábamos ante un milagro de la naturaleza.
Bambuco se dejó mimar sin emitir un solo maullido.

Mansedumbre y sensualidad le sobran a este caballero —dictaminó la abuelita, mientras se regocijaba con el espectáculo del animal adornado de cascabeles. Pero engulle pájaros de un tirón –le advertimos.

No nos hizo caso. Tampoco se fijó en los ojos del tigre dócil que un joven de la Madison House nos había regalado, justo el día del terremoto que asoló a la ciudad de los rascacielos. Una valla erizada de alambres rodeaba la casona. Esta es la llave de la puerta de enfrente.

Esta Flexon con la manchita roja corresponde a la segunda puerta de enfrente. ¡Pongan atención!

Con esta Yale se abre la tercera puerta de enfrente. Para evitarse sorpresas, es mejor que entren por la despensa. En todo caso, les doy cinco llaves que los conducirán al comedor.

Para abrir la cuarta puerta, tendrán que halar esta palanquita y meter la mano hasta descorrer un cerrojo auxiliar. Aquí ninguna puerta se deja abierta. Por eso cada una está dotada de chilindrines chinos para advertir cualquier error. Si necesitan salir, por favor, hundan el botón que está arriba en el segundo piso para que la Rosa les abra y me devuelva las llaves de la puerta principal. No hubo alternativa. La abuelita nos convenció de que nos quedáramos en su casona.

El primer día, Bambuco empezó a juguetear con las alfombras y los sillones de la sala principal. Iba y venía, amagaba con las escobas y las figuras de porcelana; se erizaba de felicidad al encontrarse con un espacio tan amplio y generoso en comida. La abuelita dejó ver su ceño fruncido.

Los gatos tenían que portarse decentemente. Los gatos son adorables siempre y cuando observen una conducta intachable: Saludar humildemente a la patrona, no meterse con animales callejeros y de baja estofa social; obedecer en silencio las órdenes estentóreas de la patrona; no sonarse el hocico delante de cualquier huésped; no rastrillarse las

pezuñas en las alfombras persas; no hacerse popó dentro de la casona. Al día siguiente diez juegos de Lladrós y Capo di Monte napolitanos habían sido reducidos a trastos inservibles.
Bambuco maromeaba incesantemente por entre las escaleras. Alguien dejaba todas las puertas abiertas.

El manojo mayor de las llaves de la casona había desaparecido. Cuatro pájaros de porcelana volaron de la noche a la mañana. Bambuco se creía un pachá apoderado de un recinto controlado por una matriarca que no podía con su genio ni con su amor absoluta a la simetría de la vida.
El ruido de chilindrines era insoportable.

La abuelita puso el grito en el cielo cuando vio los pisos convertidos en un mosaico de hilachas multicolores que se desprendían de las almohadas y formaban, además, un jardín colgante con ornamentos de lana y barandas de terciopelo.
Era demasiado.

Al cabo de una semana despelotada, la abuelita declaró el estado de sitio para todos los anárquicos: A los periódicos hay que ordenarlos así. Ustedes han tomado café en vasos equivocados y el tamaño de las cucharas y los tenedores, no es el que yo le asigné a cada uno.

Alguien se bañó un minuto más de lo debido. Aquí huele a caca de forastero. A meados de felino barato. Bambuco empezó a extrañar algo.

Se escondió entre una balumba de periódicos. En la oscuridad un orden transfigurado empezaba a regir. Hay que recoger cualquier miga de pan. Cuidado con estornudar durante la comida.

Un enorme felino avanzaba por entre libros y espejos. Sobre los azogues rugía un animal acorralado. Era curioso. El primer día la abuelita estaba encantaba con un gato rubio y sin cola. Apacible y distinguido. Fue inútil que le repitiéramos que era un gato criollo y sin aspiraciones sociales. Estaba conmovida cuando le contamos del rastro de arena que dejaba la jaula por el larguísimo pasillo del aeropuerto y de cómo un corro de niños nos seguía disfrutando de ver aquel Kitty que recordaba un cuento de Hansel y Gretel, cuando los niños leñadores dejaban algún indicio de ellos en el bosque de la bruja.

Todo fue cuestión de segundos. Alguien había abierto todos los surtidores. A la inundación de los dos pisos se sumaron unos maullidos agresivos que ahogaban a los chilindrines y a la voz desfallecida de la abuelita. Fue cuando insistió en que el gato era un bolchevique disfrazado de turista gringo. Un espía de mierda.

Era imposible dejarse mangonear de una alimaña atea. Pero era tarde. Estábamos a la espera.
Del agua salían gorgoritos raros.

La abuelita trastabilló mientras blandía su garrote.
Nosotros guardábamos silencio.
Y sucedió. Las alarmas estaban repentinamente activadas. Ruidos infernales abrumaron la casona. La abuelita avanzó delirante hacia los espejos. Entonces la vimos desaparecer por un túnel de colmillos y paredes salivosas. Los cascabeles se agitaban febriles. El olor a hez sin tapar era letal. Una carcajada última nos engatusó desde afuera de la valla soleada.

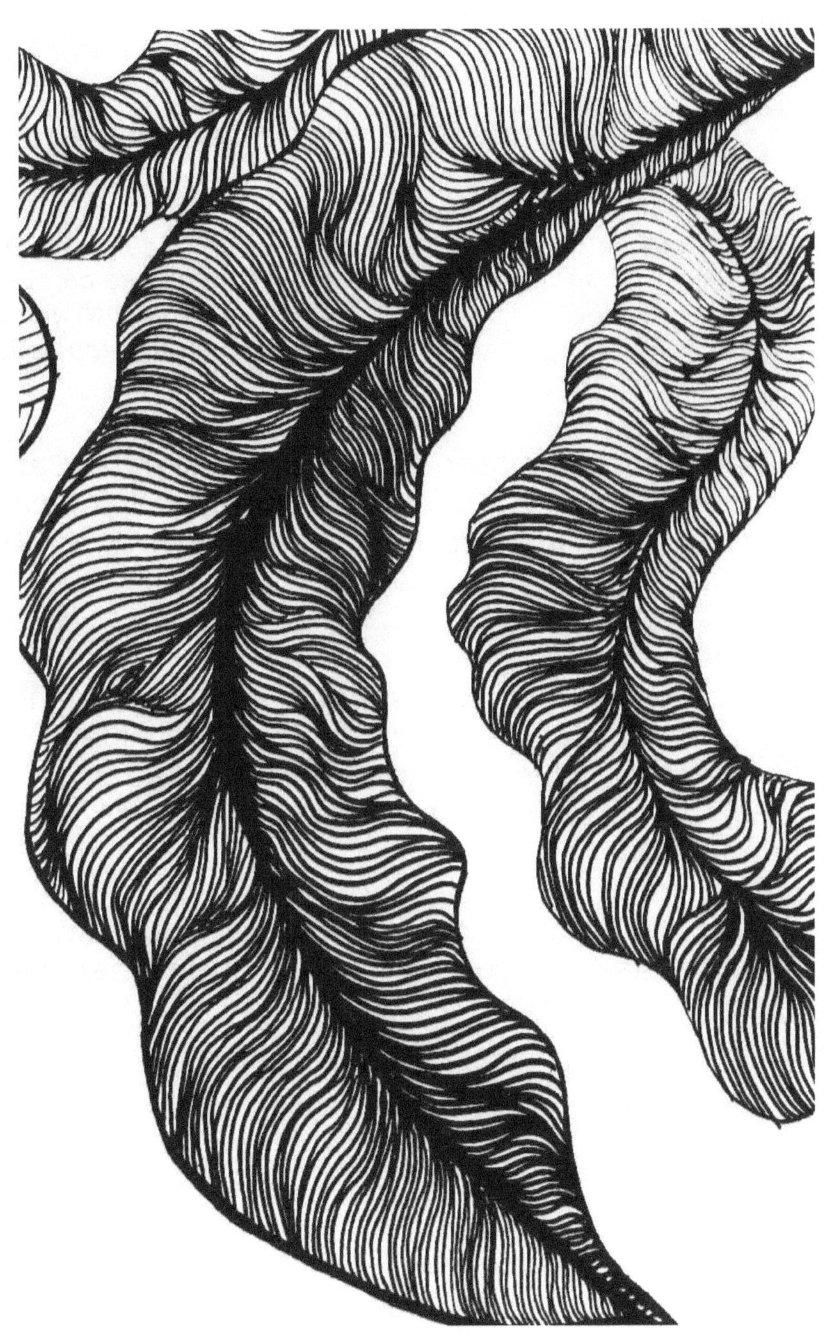

Iván Ulchur Collazos

Cuando el amor nace así de esta manera

(Drama que se parece a un cuento y cuento que se parece a un guion y guion que se parece a un sketch que se parece a un cuento y cuento que se parece a un juego serio)

(Una cama revuelta y manchada de sangre. Latas de cerveza por todas partes. Debajo de la cama, semioculto, el libro de Jorge Isaacs, María, edición de 1827.

La noche se presagia tormentosa.
Hay mucha niebla. A lo lejos se escucha el gañido de unos perros. Se alcanzan a ver las siluetas de Rafaela y Magnus besándose candorosamente).
Sale primero Magnus, haciendo un gesto de humillación:

—Seré la sombra de tu sombra—murmura él, enjugándose una furtiva lágrima en una servilleta sucia.

—Rafaela: Calla, por Dios.

—Magnus: Y hasta el aire que respiras.

—Rafaela: Calla.

—Magnus (desesperado): Seré tuyo hasta la tumba.

—Rafaela: Calla, bien amado.

—Magnus: (Se arrodilla ante ella): ¡Ay, no aguanto más!, ¡Me siento un caballo desbocado! El espíritu del mal se impone sobre mis virtuosos pensamientos.
¡Ay! ¡Hummm! ¡Ay!

(Afuera, el gañido de los perros es más desquiciante. La niebla se filtra como una nube de presentimientos. Se recomienda poner una música de suspenso, como la de la película Psycho, aunque casi inadvertida).

—Magnus: Basta. Dejémonos de vainas, mi lovecito. ¿Estás o no estás?

(Rafaela ha abandonado su talante romántico y asume una voz belicosa, tronante):
—Pero ¿por qué cambias el libreto? Eres otra persona. Ahora estás haciendo teatro. ¿Crees que no me he dado cuenta? Sé fiel a tu papel. Y si no, cambia de oficio, hijo de perra.

—Magnus: ¡Ay! Rafaelita, hagámoslo este rato. Deja que hable tu cuerpo. ¡Ay! ¡Ahagggg!

—Rafaela (Bravísima): Déjame. No me toques. Eres un payaso. Eso es lo que eres.
(Lanza un patadón a los genitales de Magnus y luego se hace la que llora).

(Los perros ladran cada vez más cerca. La niebla sólo permite que los espectadores vean retazos de los actores. Magnus, con cara de sorprendido, intenta disculparse, pero el dolor lo acuclilla).

—Magnus: Era sólo un juego. Perdóname. Sólo un juego.

—Rafaela (Que deja abruptamente su pose de plañidera y suelta obscenidades): Y ahora me sales con que era sólo un juego. Ahora que estoy hecha un fuego y que ardo en deseos de poseerte y canibalizarte. ¡Ay! ¿Cómo puedes hacerme esto? Eres un sádico, un macho asqueroso. ¡Ahaggg!

—Magnus (lelo y ya sin ningún mal pensamiento): Era sólo un juego. Un juego de niños.
(Los dos se toman del brazo (advertir a los actores de que no se tomen del pelo), salen del escenario nebuloso y congelan la acción haciendo la V de la virilidad gritando al unísono:
¡Ahagggggg! "TELÓN"

Pena capital

*A Gabriela,
coautora de esta aleación
sentimental-borgiana.*

Los dioses –que aman con dedicatoria a los ateos– han prometido volver a la tierra y los hombres buscan el estado de gracia amando a los suyos, perdonando a los verdugos, alimentando a los pájaros y viendo crecer a los lirios. Escriben, además, con las mismas aburridas palabras sobre la condenación de los humanos a no tocarse más, impuesta en el país por una extraña peste de duración desesperante y eterna que, habiendo empezado en marzo de 1920, no acaba de extinguirse y continúa latente en todo el mundo.

Israel Bernardunov traga saliva y piensa que no habrá segunda venida de Cristo. Los sacerdotes la llaman parusía. Por su parte, Israel deja a sus hijos con la incierta pregunta de si regresará y si su camino se volverá un enigma o un viaje abierto a sus deseos. Él ama, en todo caso. Le duele insondablemente la partida. Le hubiese encantado afianzar las lealtades filiales estando presente. Cualquiera sea el resultado de la bíblica advertencia y el horror que sigue sobreviniendo, Israel extrañará aquel tiempo esplendoroso que vivió por tantos años con ellos y ella.

Algo de él pudo haberse impregnado en la piel de sus vástagos. Algo rescatable se quedaría en ellos como herencia indeleble. O, en el peor de los casos, sólo fotografías, rostros demolidos, recuerdos empañados.

Pensó: Cuando algunos sientan cabeza por edad, a él el destino lo obligaba a volver a Timbú y salir de una ciudad capital, la de su segundo país. Se levantó, trastabilló y se dispuso a viajar persiguiendo sosiego, escribiendo inconsecuencias, conversando del azar, siendo una caña sencilla que degustaba sin afanes uvillas y naranjas.

Aunque también sabía que para Dios el tiempo era una falacia, que podía engañar a los más ilusos con ayuda del reloj o adaptarse milagrosamente a condenados no creyentes como Jaromir Hladik. Este le había rogado un año comprimido y final, para terminar de escribir un drama sobre su conflictiva vida conyugal con una rumana intérprete de sueños, minutos antes de cumplir la pena capital por orden de los nazis. Israel tampoco olvidaba que los viajes podían resultar una aventura desastrosa a la Ítaca idealizada.
Siguió pensando en sus dos hijos: Los amaba en el tono de do a do de la escala musical. Con sonido de acordeón Honner.

Eran sus contemplados. Recordó: De niños había grabado un cassete con versos improvisados por ellos: "En una escalera de puro queso, nosotros nos trepamos en el firmamento."
Tenía la voz carrasposa y jadeaba por su rinitis. Su cuerpo se había acostumbrado a una enfermedad degenerativa.

La nostalgia sólo humedece la mirada remota. No cura.—hablaba solo. Pero era un paliativo contra el paso del tiempo sucesivo que aligera la incertidumbre.

Gritó: Amo las fuerzas de las ánimas del purgatorio. De pronto, al no poderlos besar, le salió una canción resentida de naufragio: "La realidad es nacer y morir, la vida es un sueño y nada es verdad." Carrasposo, insistió en cantarla, por más sentimental que resonara.

Los quiero y…los amo y los adoro. –Seguía hablando solo y repitiendo lugares comunes, verbos desgastados, plegarias manidas.
Ellos enternecieron y remolcaron su mundo.
La nostalgia es de viejos sentimentales.
Es barata, pero resulta cara para niños grandes como él: Desborda el muro de sus ojos.
Sabía que los días de Dios eran inescrutables, pero logró mantener a raya sus recuerdos lacrimosos.

Miró hacia la gran ventana de su cuarto; alcanzó a admirar el arco iris y suspiró sin darse cuenta. Cerró, sin saber el final, la novela *"Sin destino"*, de Imre Kertesz y se dispuso a continuar escribiendo sobre un preso judío condenado a la pena capital tan pronto clareara. No estaba con ánimo para releer el final del cuento *"El milagro secreto"* en el que se narra la ejecución de Jaromir Hladik a quien Dios le concede un milagro salutífero y amplificador de tiempos mágicos.

Abandonó temporalmente los libros. Se puso a hacer ejercicios y atrapó la felicidad, pero sintió que el carcelero nazi lo agarraba de un brazo. Le tocaba su turno. Salió cojeando solo por un largo corredor, el tiempo se le angostaba, se echó la bendición y a duras penas volvió a tragar saliva bajo la conmoción de las dos lecturas. Se tomó un jugo de maracuyá que le supo a cicuta. Su nostalgia era insoportable. Su pena era capital. Su corazón, crepitante antes de tiempo.

Despistado, no se dio cuenta de que todavía no estaba escribiendo en su Timbú. Estaba en Quito, Ecuador, capital de la provincia de Pichincha. Al menos eso creía. Era el mes de abril, posiblemente del 2000. Su voz seguía carrasposa. Ensayó una mueca última de consuelo y se puso a silbar para saberse vivo.

Por fin volvió a cantar: "Una pena y otra pena son dos penas para mi/ ayer lloraba por verte /hoy lloro porque te vi/ no llores, corazón, no llores/ no llores, corazón/ no digas nada."

Estornudó como mal educado. ¡Scheise und beweg dichi... creyó oír sin entender al soldado nazi que marchaba en un descampado de Quito, sin soltarlo del brazo. Seguía confundido. Era él el soldado. Los humanos adivinan lo que les conviene a sus propósitos. Con la soga al cuello e incontenible caudal de llanto en su rostro, descifró temblando el juego de palabras propuesto en el milagro secreto: Pena era la suya; lo capital eran ellos. Los suyos. Sus amores. Su alegría era real y verificable. Legítima su nostalgia.La falacia jugaba con su estar en el mundo. Ya no estaba en Quito. Durante la noche de los insomnios había divisado una cruz en la cúpula de una iglesia en Timbú.

Salió al patio y experimentó una epifanía: Era contradictorio que Dios regresara pues estaba fusionado por siempre con la naturaleza. Más milagroso resultaba congelar un instante final en un año de escritura agónica y trama adivinable, dada la personalidad sentimental de aquel padre despistado que narraba, quién sabe, el destino de un prisionero semita en manos de la Gestapo y su destino errante. Este enigma demanda más claridad para los lectores de historias insólitas.

El papá solitario vivía ahora en su país de origen. Timbú y el Cristo que vive en todas las galaxias, le concedieron el consuelo para sus paternales afectos: Ninguno de sus seres queridos vio el tiempo no sucesivo que detuvo las balas y las reactivó tras un año para que Israel Jaromir, un papá romántico y nostálgico, terminase morosamente este relato titulado Pena capital.

Como era explicable, Israel escribió su propia versión: Con pasión y sentimientos melodramáticos, éste resultó un relato biográfico de amores otoñales fragmentados y de viajes forzados por el desamor. La peste afianzaba su indomable mortandad y los hombres de letras rechazaban la banalidad del escribir sobre lo mismo: Los humanos no volverían a besarse por el horror y la desesperanza en un tiempo de pesadillas eternas y en un mundo de violencia naturalizada. El milagro y el tiempo interminable habían operado doblemente. El secreto era lo único irresuelto; quizás tendría que ver con la novela de la que, aunque Israel no terminó de leer, recordaba una frase: "Nosotros somos nuestro propio destino."

Admiradas sean las coincidencias metafísicas y bienvenido el retorno a historias de condenados redimidos al borde del abismo.

De cómo el erizo se azorró y la zorra se erizó

Versión libre de la fábula
sobre el "Erizo y el zorro",
de Isaiah Berlin

El erizo amaba su único pensamiento sobre el mundo, porque le daba una seguridad a modo de tabla de salvación trascendental. Así mismo, tenía miedo de tanta idea que merodeaba silvestre por todas partes. No obstante, sin querer queriendo, inusitadamente se fue acercando al entusiasta pluralismo de la zorra; ésta se sentaba a escuchar a Raimundo y todo el mundo y concluyó con felicidad democrática que cada cual defendía y acunaba sus respuestas verdaderas. Pero, cavilaba, si todos tenían la verdad, nadie la tenía.

Así, paulatinamente, a la zorra la fue invadiendo el demonio de la incredulidad, tanto que su filosofía era nihilista como la de Nieztche y se le erizaba la piel de sólo pensar en que alguien en sus cabales creyera en algo o en alguien. Se sentía contradictoria e insegura.
Una vez se quedó atónita cuando supo que el dogmático erizo era su fanático. No lo podía creer.
Cavilaba: Fanático es aquel que cree ciegamente montado angustiosamente en un solo juicio. No elabora, sólo alaba.

Prefiere no pensar y transfiere su amor a alguien que "le dé pensando". Detesta la duda y se apasiona con su fe que no necesita prueba científica sino incondicional creencia.

Rechaza fundamentalmente a otras verdades.

La pobre zorra salió en busca del apacible erizo. Quería conversar con un efusivo y convencido erizo que, arrodillado, empezó a alabar y a disparar toda clase de ditirambos hacia ese animal que carecía de contradicciones y se arriesgaba a dudar hasta del fanatismo.

 Tras unos cuantos vinachos, se animaron.

—Creo en usted hasta la muerte, confesó con los pelos de punta, el erizo. Ya no creo en que mi verdad es la verdadera. Me temo que cada uno defiende visceralmente su "verdacita".

—Yo no creo en los fanáticos porque se vuelven peligrosos—respondió la zorra. Sin embargo, lo envidio porque usted no ha sufrido dudando de todo. Es mejor no complicarse la vida haciéndole caso a todo pendejo que piensa—prosiguió.

Agárrese de una verdad desnuda y no se ponga a vestirla. Viva y beba. Ah, acuérdese de que Dios no ha muerto. Sólo está haciendo la siesta.

Tomado de sorpresa por lo dicho por su ídolo, el erizo se deprimió tanto que pronto se volvió un borracho perdido, un fundamentalista ultraradical y un filóloco que, con una linterna prendida a plena luz del día, vendía su único eslogan: La verdad es una zorra.

¿Quién es el teniente Gamboa?

*En homenaje a
"La ciudad y los perros"*

Había ocurrido lo que se temía. Por eso, el joven militar Enrique necesitaba desahogar sus emociones. Quería llorar a mares bravos, pero debía mostrarse como un valiente monitor de sus cadetes que sabían que en su casa el General Pazmiño mandaba y la madre obedecía.
En el colegio se le ocurrió pedirle consejo al coronel Huaraca quien le puso los puntos sobre las íes:

—Sepa usted que no soy cura, no sea pendejo. En este colegio se lidia con machos, no se olvide. ¿O es usted un maricón que busca confidentes? Su mamá estaba en el hospital herida de gravedad por su padre, el general Pazmiño, jefe de Huaraca. Tuvo que contenerse con Huaraca.

Lo vio como un enano con cara de sapo. Quiso golpearlo a puñetazo limpio y humillarlo para mantener su fama de héroe.
Decidió buscar al teniente Gamboa. Era un tipo cuajado, embarnecido y adicto a las pesas de más de 15 libras. Sin embargo, siendo implacable en mantener la disciplina en los dormitorios, daba ciertas señales de ser más comprensivo, se portaba

más fresco con los errores de los cadetes. Se sabía que no maltrataba a su mujer y, al contrario de sus colegas, alegaba sin miedo que las cosas debían adaptarse a las leyes.

Dígame, cadete. No se asuste. Suelte esa pendeja correa para que se relajen sus huevos.
—Pues...que...mi papá el general Pazmiño, le disparó...a mamá. Y quiero visitarla.
Gamboa quiso sonreír al notarle cierto temor, pero le salió una mueca compasiva, que no pudo disimular volteándose la gorra. Tenía que ser el General. El autodenominado "El intrépido."
—¿Qué está esperando, cadete?

Vuele y abrácela...mucho, también de mi parte. Ya. Antes de que (se lo susurró al oído a Enrique) le dé a usted la verrionda chilladera. Enrique no alcanzó a pedirle la bendición.
El abogado dictaminó: Las mujeres mariconean a los hijos y nos emputan hasta azuzar nuestros instintos masculinos. Fue en estado de legítima defensa, ira e intenso dolor, -sentenció con gesto sabihondo. El General Pazmiño fue declarado inocente.

Hizo todo el esfuerzo por parecer arrepentido.
Enrique quiso llorar, como cuando tenía 4 años y se le murió su perrita Luna. Pero le salieron gotas candentes de acero.

Él lo hacía mejor gritando un parte de victoria, sobre las mujeres que chillaban por mierdadas como la muerte.

A Gamboa lo procesaron por rebelión pues siguió alegando que las cosas estaban por encima de las leyes. Huaraca había regado la voz de que Gamboa era un flojonazo que rezaba todas las mañanas y le pedía la bendición a su madre fallecida cuando él tenía 7años.

A Enrique se le precipitó, incontenible, la verrionda con la fuerza de una cascada al ver el agujero en la frente de su mamá. No hubo quién lo despegara del ataúd. Huaraca le preguntó burlón a Gamboa si había llorado al ver "tan conmovedora escena".
—Casi- mintió el teniente, que tragó saliva mientras disimulaba haciéndose el que alistaba maletas.

Iván Ulchur Collazos

La media muerte

Cuando llegaba la noche y las pesadillas se les abalanzaban a sus miedos, Agenor no podía evitar pensar en ella, inapelable, inesperada y seductora. A veces se le trepaba en su corazón y empezaba a descuajarle sus descaradas ganas de vivir.
Si dormía del lado derecho, empezaba su neuralgia.

Ella le salía al paso en medio de la niebla triste del espanto, penetraba en la fosa izquierda y atravesaba un túnel taponado herméticamente, oscuro e inundado de agua salobre y densa. Inmediatamente, el agua empezaba a subir de nivel hasta llegar al justo medio de su tabique. Era la mitad del viaje, del vacío ingrávido. La marea alta.

Soñoliento, Agenor no tenía más alternativa que voltearse hacia el otro costado. Enseguida, la otra fosa empezaba a abrirse. Por allí se destapaba otro hálito desesperado: Un ser que resoplaba saliendo de un orgasmo entre luces rutilantes.
Sus noches tenían de común este entrar y salir de la vigilia al sueño profundo y angustiado.
Como vivir en un submarino durante tiempos inmemoriales, mirando, a duras penas, a través de un zoom hacia la eternidad.

En uno de aquellos duermevelas, Agenor emergió y soltó un grito bombástico de alegría. El dolor en las fosas nasales era lo de menos. ¡Ufff!, había regresado.

Estaba despierto y vivo: Dios era un ser infinitamente bueno, sabio, poderoso; la mujer a su lado, una amante tierna, intensa e irreemplazable.

La maldición eterna iba exclusivamente para el inepto y desalmado médico que nunca jamás pudo salvarlo de su rinitis crónica.

Consciencia feliz

Como siempre, esa noche, Adelfia se despertó sin saber el final de su pesadilla. Volvió a tomar agua de cidrón y se sumió en otro viaje onírico. Su hombre aparecería de nuevo penetrándola, envuelto en aureolas de mansedumbre.

Ella oía eternas promesas, historias cíclicas, disfrutaba momentos de engañosa felicidad y se consolaba con la esperanza de que todo ser humano contaba con la conciencia suficiente, para autocorregirse y volver a ser bueno y amoroso. Hasta que, por fin, dormida pesadamente, descifró el esquivo epílogo.

Pero sólo entonces, se dio cuenta de que la habían estrangulado.
Sus ojos gachos habían quedado muy abiertos.

Un microcuento

Es la novela de un desmemoriado

Fábula de Emmanú

Había una vez en Timbío, una niña llamada Dios con nosotros y tenía los ojos azul butano.
El cuento empezó antes, cuando flotaba de bruces en el océano amniótico y después, cuando brotó del útero una raíz, un vientre, una vulva, una tierra, un fuego.

—Descífrenme, manoteó desafiante, mientras su sonrisa invadía todos los rincones de la casa.
Era ella. Estaba allí mirándonos, aparecido, un relato de carne y hueso.

Trepado en la cucaña

Vanbe, el niño de los dinosaurios, podía ver a un Dios inspirado que escribía cuentecillos e inventaba cielos de poetas. A lo lejos divisó un lugar extraño, era el infierno.

Los pecadores estaban condenados a escribir y escribir sin pronunciar palabras y sin poder mirar a Dios que descansaba.
Vanbe no comió cuento...

El inocente y el adúltero

Pero Jesús, agachándose, escribió en el suelo con el dedo gordo:
" Tampoco yo te condeno. Anda y escribe."

**Alguien al otro lado de la línea
Cuentos**
Iván Ulchur Collazos
ISBN: 978-958-48-7735-2
Corrección ortográfica: Jaime Dávila
Elaboración carátula: Helen González O.
Dibujo carátula: Brayan Lombardo Naranjo
Rusti Lombardo.
Diagramación: Mónica Patricia Ossa Grain
Editado en Ediciones Grainart
edicionesgrainart@gmail.com
3148685940

Impreso y hecho en Colombia.
Printed and made in Colombia
Cali, Colombia
Octubre de 2019

Índice